Kleopatra

Paul Heyse

Impressum

Autor: Paul Heyse
Umschlagkonzept: toepferschumann, Berlin

Verlag: tredition GmbH, Hamburg
ISBN: 978-3-8424-0592-9
Printed in Germany

Ziel der TREDITION CLASSICS ist es, tausende deutsch- und
fremdsprachige Klassiker wieder in Buchform verfügbar zu
machen. Die Werke wurden eingescannt und digitalisiert. Dadurch
können etwaige Fehler nicht komplett ausgeschlossen werden.
Unsere Kooperationspartner und wir von tradition versuchen, die
Werke bestmöglich zu bearbeiten. Sollten Sie trotzdem einen Fehler
finden, bitten wir diesen zu entschuldigen. Die Rechtschreibung der
Originalausgabe wurde unverändert übernommen. Daher können
sich hinsichtlich der Schreibweise Widersprüche zu der heutigen
Rechtschreibung ergeben.

Paul Heyse

Kleopatra

(1865)

Wer jene Park-Vorstadt durchwandert, deren Paläste mitten in die Waldstille des alten Berliner Tiergartens alle Schätze der Kunst und des Reichthums verpflanzt haben, bemerkt noch hie und da in der Reihe der glänzenden Villen neuesten Datums eines jener älteren Landhäuser bescheidneren Stils, die nicht auf den Prunk gebaut, meist von der Straße etwas zurückgezogen, unter dem Schutz alter Ahorn- und Akazienbäume liegen und es verschmähen, mit Springbrunnen und Statuen den Vorübergehenden anzulocken. Ein starkes Eisengitter trennt den wohlgepflegten Rasen mit wenigen Blumengruppen von dem Fahrweg. Erst hinter dem Hause ist es dem Gärtner erlaubt, seine Kunst zu zeigen und den seltneren Flor der Treibhäuser um die Veranden und Ruhesitze anzubringen, dem echt aristokratischen Grundsatze getreu, daß der beste Geschmack darin bestehe, »nicht aufzufallen«.

Vor einem dieser seltnen Häuser aus der guten alten Zeit hielt eines schönen Sommerabends ein eleganter Wagen, aus dem ein junges Paar leicht heraussprang, um dann einer schwerfälligen alten Dame sorgsam den Arm zu bieten. Draußen am Gitter waren müßige Nachbarn stehen geblieben, um die Herrschaften aussteigen zu sehn; man konnte aus ihren Reden erfahren, daß der stattliche junge Herr mit dem leichten Bärtchen und dem dichten krausen Haar ein Freiherr von L., die blonde junge Dame seine Cousine und Braut, und die ältere ihre Pflegemutter, ein hochadliges Fräulein sei, das ehemals Hofdame bei einer königlichen Prinzessin gewesen und sich dann auf ihre Güter zurückgezogen habe, um sich der Erziehung ihrer Nichte zu widmen. Der Freiherr sei ebenfalls Rittergutsbesitzer, habe aber vor wenigen Monaten auch dieses Grundstück gekauft, um hier bei der Stadt ein Absteigequartier zu haben; wer das Haus früher gesehen - im Innern - und jetzt wieder betreten, konnte nicht genug sagen, mit wie viel Geschmack und Aufwand die ganze Einrichtung von Grund aus umgeschaffen worden sei.

So redeten die Leute noch, als die drei Menschen, die ihre Neugier beschäftigten, schon längst in der reich mit immergrünen Gewächsen umrahmten Thür verschwunden waren. Der Bräutigam führte die alte Dame am Arm, das schöne Mädchen ging mit schwebenden Schritten neben ihnen her. Sobald sie den Fuß über die Schwelle des Hauses gesetzt hatte, das nun in wenigen Tagen *ihr* Haus sein sollte, hatte sie in lieblicher Verwirrung den Strohhut abgenommen, als würde es ihr zu heiß, und ihre Hand suchte heimlich die Hand ihres Verlobten, um sie nach einem verstohlenen Druck wieder freizugeben. Ihr ganzes Wesen schwamm in einer süßen seligen Munterkeit; es war als fühle sie sich beständig versucht, die Formen der aristokratischen Welt, in denen sie sich doch ohne Zwang bewegte, zu durchbrechen und in fröhlichem Muthwillen etwas Thörichtes zu begehen, um ihrem übervollen Herzen Luft zu machen. Sie hatte diesen Mann geliebt, seit sie denken konnte. Als ein entfernter Cousin war er zu ihren Eltern gekommen, als sie noch mit Puppen spielte, er damals ein bartloser junger Fähnrich, der sie kaum beachtete, da er schon ein gesuchter Tänzer war und an ganz andere Eroberungen dachte. Dann war er ihr freilich lange aus den Augen verschwunden, aber nicht aus dem Sinn; denn als er vor mehreren Jahren bei der Tante eintrat, unangemeldet, nun als ein reifer Mann und in Civilkleidern, hatte sie allein ihn auf der Stelle erkannt und sogleich wieder den alten kindischen Aerger empfunden, daß sie scheinbar so wenig Eindruck auf ihn machte. Warum war er so zerstreut, so fremd und einsilbig? Es mochten ihm wohl seine vielen Geschäfte durch den Sinn gehen, da er im Begriff stand, Güter zu kaufen, um das eben von den Eltern ererbte große Vermögen sicher anzulegen. Und wieder zwei Jahre Trennung, während deren er nur selten schrieb, immer an die Tante, und der Nichte nur mit einem flüchtigen Gruß gedachte. Als er aber zum dritten Mal kam, da sollte die lange Probezeit ein fröhliches Ende finden. Da hatte er sie eines Tages gefragt, ob sie ihm noch so gesinnt sei, wie vor zwölf Jahren, und als sie betroffen erwiederte, was er denn von ihren achtjährigen Gefühlen wisse, hatte er ihr eine alte Geschichte erzählt, die sie selbst fast vergessen, wie sie einst, als

Gesellschaft bei ihren Eltern gewesen, aus der Kinderstube an die Saalthür geschlichen sei, um nach dem jungen Fähnrich zu horchen, der eben am Klavier eine Romanze sang, und wie sie dort von der Gouvernante ertappt mit glühendem Gesicht gebeten habe, nur noch das Lied aushören zu dürfen. Er gestand ihr, als sie sich lachend und erröthend herauszuwinden suchte und auf seine frühgereifte Eitelkeit schalt, daß ihm dieser Sieg über ihr junges Herz damals ziemlich leicht gewogen habe. Doch habe er oft in späteren Jahren an die kleine Lauscherin zurückgedacht und es sei ihm wunderlich gewesen, bei seinem ersten Besuch nach langer Zeit dasselbe Lied auf ihrem Flügel zu finden. Mit Gesang sie zu erobern, könne er jetzt nicht mehr hoffen. Er habe diese fröhliche Kunst über ernsteren Dingen völlig vernachlässigt. Aber zugleich sei ihm auch die Selbstgewißheit der Jugend abhanden gekommen, und wenn er zwei Jahre seitdem geschwiegen, sei es nur geschehen, weil er die ernstlichsten Zweifel gehegt habe, ob er es werth sei, diesen Schatz zu gewinnen. Da hatte sie zwischen Lachen und Weinen ihre Arme zutraulich wie ein Kind um seinen Hals gelegt und ihm zugeflüstert, daß sie nie von einem anderen Glück geträumt habe, als die Seine zu werden.

Auch heut, als sie zum ersten Mal das schöne Haus mit ihm betrat, das er während der Brautzeit heimlich hatte einrichten lassen, schweiften ihre Augen nur zerstreut an den glänzenden Wänden hin, nicht als nähme sie all diese Herrlichkeiten wie ihr künftiges Eigentum in Besitz, sondern als werde nichts in diesem Zauberschlößchen ihr so eigen gehören, wie der Herr des Hauses selbst. Sie nickte halb zerstreut, als er in dem heiteren Treppenflur auf dem dicken Teppich stehen bleibend sie fragte, ob es sich nicht freundlich und einladend mache, die schöne graue Marmorstiege mit dem vergoldeten Geländer, der luftige Raum, von oben durch das bunte Kuppelfenster erhellt, unten im Flur die Rauch'schen Victorien zwischen den blühenden Granatbüschen und Palmen in großen Kübeln von gebranntem Thon. Ein Diener öffnete die Flügeltür dem Eingang gegenüber, und man trat in den kühlen Speisesaal, zu dessen Fenstern der Garten hereinsah. Schon war die Sonne hinter die obersten Ahornwipfel gegangen, aber die Tageshelle noch kaum gedämpft. Laß uns erst noch in den Garten, bat sie, ehe die Vögel still werden! - Die Tante schalt, daß sie für eine künftige Hausfrau nicht begieriger sei, ihr eigentliches Reich bis auf Küche und Keller zu besichtigen. Aber sie war schon auf den geräumigen Perron getreten, nach dem die hohe Glasthür des Saales sich öffnete, und hüpfte den Andern voran die wenigen Stufen in den Garten hinab.

Was ist *das*? sagte sie, plötzlich stehen bleibend, mit dem Ausdruck der höchsten Ueberraschung. Sie hatte die Hände mit einer reizenden Geberde des Entzückens zusammengeschlagen, öffnete sie aber im nächsten Augenblick, um ohne alle Rücksicht auf die Tante ihrem Geliebten um den Hals zu fallen.

Hab' ich's getroffen? sagte er und küßte ihre klare Stirn. Ich wußte doch, daß du gegen die schönsten Bilder und Statuen, mit denen ich unser Häuschen zu schmücken suchte, noch eine ganze Zeitlang eine kleine Barbarin bleiben würdest, und daß der armseligste Spatz, der hier auf dem Perron herumnascht, dir wichtiger ist, als alle geflügelten Victorien. Da du nun auf unserem Gut an Hühnern, Enten und Gänsen des gewöhnlichen Schlages keinen Mangel finden wirst, so hab' ich dir einiges fremde Federvieh in diesen schmucken Käfich gesteckt.

Du Einziger! sagte sie und faßte seine Hand, um ihn zu dem hohen Vogelhause hinzuziehen. Mir ist zu Muth, wie in einem Märchen von Tausend und Einer Nacht. Ist es wahr? diese Wundervögel sollen mein sein? Ich soll sie füttern und pflegen?

Sie stand an den vergoldeten Drahtgittern und staunte mit leuchtenden Augen in den inneren Raum, der in mancherlei Abtheilungen wohl ein Hundert der seltensten großen und kleinen Vögel enthielt. In der Mitte stieg ein künstliches Bäumchen auf, mit vielen blanken Sprossen, durch welche auf und ab sich die kleinsten Singvögel tummelten, während in eigenen geräumigen Käfigen die größeren Fremdlinge paarweis hin und her schritten. Es war ein Gurren und Zwitschern, ein Schwirren, Huschen und Trippeln, daß man nicht müde wurde, in das bunte Geschwirr hineinzuschauen.

Auf einmal war's, als ob sich dieser fröhlichen Welt ein allgemeines Entsetzen bemächtige, das alle Federn sträubte, allen harmlosen Gesang einschüchterte und selbst den muntersten Bewohnern des Drahthauses die Luft an ihrem Futter verleidete. Ein großer langhaariger Affe, der in einem offenen Thürmchen auf dem Dach der Volière gekauert und die drei Menschen mit lauernden Augen beobachtet hatte, schien es übelzunehmen, daß man ihn über seinen schöneren Hausgenossen völlig übersehen hatte. Mit raschem Satz, eine feine lange Stahlkette am linken Vorderarm nachschleppend, hatte er sich über das sanftgeneigte Dach herabgeschwungen und kletterte nun geräuschlos an den Drahtgittern entlang nach der Stelle hin, wo das schöne Mädchen stand, das ihn mehr als die Andern anzulocken schien. Sie war gerade in das heitere Familienglück zweier Silberfasanen vertieft, deren erst kürzlich ausgekrochene junge Brut sich um den frischgefüllten Futtertrog drängte. Plötzlich fühlte sie sich an einem Zipfel ihres weißen Kaschemir-Burnus gezerrt und stieß einen leichten Schreckensruf aus, als sie sich umsah und das welke grinsende Affengesicht in nächster Nähe erblickte. Sie that unwillkürlich ein paar Schritte zurück, aber der Affe hielt die weiße Quaste fest in der kleinen Faust, während er sich mit der anderen schwebend ans Gitter klammerte, und nickte ihr mit hämischem Zähnefletschen und allerlei tollen Grimassen beständig zu, ja er wäre ihr sicher noch weiter gefolgt, wenn die Kette ihn nicht zurückgehalten hätte. Er schien, bis auf einige Schadenfreude, nicht irgend böse Gedanken zu hegen, vielmehr nur mit einem gewissen ritterlichen Selbstgefühl der holden Erscheinung seine Huldigung darbringen zu wollen. Im nächsten Augenblick aber verzerrten sich seine scharfen Züge zum Ausdruck des menschenfeindlichsten Hasses. Der junge Mann, dessen Braut er so zudringlich bewunderte, hatte ihn kaum bemerkt, als er ein Stäbchen ergriff, das der Gärtner am Gitter stehen lassen, und es mit einem drohenden Ruf gegen den frechen Schleicher erhob. Das Thier schien nicht geneigt, seine Beute so leichten Kaufs fahren zu lassen. Es hielt den zornigen Blick seines Herrn mit herausforderndem Trotz einige Sekunden lang aus, und seine großen Kinnladen bewegten sich mit einem schnatternden Ton, als ob er die Zähne wetze, um sich zur Wehre zu setzen. Als aber die Gerte pfeifend in einigen scharfen Hieben auf seinen Rücken und den diebischen Arm niedersauste, stieß er ein durchdringendes Geschrei aus, riß in Schmerz und Wuth an dem Zipfel, den er gepackt hatte, daß die weiße Quaste sich löste, und entfloh in wilden Sprüngen über das Dach des Vogelhauses in sein unnahbares Thürmchen zurück. Hier kauerte er, als wäre nichts vorgefallen, auf der Schwelle seiner Wohnung nieder, betrachtete seinen Raub mit nachdenklichen Geberden von allen Seiten und schoß nur von Zeit zu Zeit einen tückischen Blick auf seinen Herrn, der die Ruthe weggeworfen und sich wieder zu den Damen gewendet hatte.

Du bist ganz blaß geworden, Cecil, sagte er und ergriff die Hand seiner Braut. Ich sehe schon, daß ich diesem tückischen Gast die Wohnung aufkündigen muß, wenn er dir nicht alle Freude an deinen Vögeln verderben soll. Auch war das Thürmchen ursprünglich nicht für seinesgleichen bestimmt. Ich hatte mir einreden lassen, daß sich's gut ausnehmen würde, wenn ein Adler da oben hauste. Dann konnte ich mich wieder nicht entschließen, das königliche Thier einsam und traurig über all der lustigen Gesellschaft hinbrüten zu sehen, und um doch den Platz nicht leer zu lassen, kaufte ich jenen Bösewicht, der mir eben in diesen Tagen angeboten wurde. Aber er soll fort, liebes Herz, und dir nicht zum zweiten Mal einen Schrecken einjagen.

Sie lächelte, und das Blut kehrte in ihre Wangen zurück. Ich weiß nicht, wie mir geschah, sagte sie; ich bin sonst nicht eben furchtsam; aber findest du nicht auch, daß etwas Teuflisches aus seinen grünen Augen blitzt, etwas unaussprechlich Feindseliges und Ruchloses? Ich habe einmal vom Doktor Faust gelesen, in der Volkssage, daß er einen bösen Geist in Affengestalt in seinem Dienst hatte. Daran muß ich jetzt denken, wie ich ihn da oben sitzen sehe, als ob er nur Eine Freude hätte, anderen Geschöpfen die ihrige zu verderben. Du mußt mir den Gefallen thun, Archibald, ihn wieder wegzugeben, und wenn auch das Thürmchen einstweilen leer bleiben sollte.

Er ist détestabel, sagte die Tante. Und dazu hat er eine merkwürdige Aehnlichkeit mit einem französischen Abbé, dem ich früher zuweilen in den besten Kreisen begegnet bin, und der eines schönen Tages wegen der abscheulichsten Verbrechen deportirt wurde. Genau so widerwärtig schnatterte der mit den langen weißen Zähnen.

Sie werden uns noch zum Glauben an die Seelenwanderung bekehren, liebe Tante, scherzte der Freiherr. Aber gehen wir ins Haus, ehe es gar zu dämmerig wird. Den Garten können wir eher noch hernach im Mondschein durchwandern.

Er gab der alten Dame wieder den Arm, und sie kehrten ins Haus zurück. Im Flur war schon eine Lampe angezündet worden, die durch schön geschliffenes Krystall ein mildes Licht über die Victorien ausgoß, während die Treppe noch die Tageshelle durch die

Kuppel empfing. Als sie da hinaufstiegen, suchte wieder Cäciliens kleine Hand die Hand ihres Geliebten. Sie war stumm geworden und seufzte zuweilen wie aus tiefen Gedanken auf, während die Tante in freundlicher Redseligkeit die Einrichtung des Hauses bis in die unscheinbarsten Nebensachen zu würdigen wußte.

Du kannst hier freilich kein Haus machen, Archibald, sagte sie zuletzt, als sie im oberen Geschoß in den schönen Salon traten, der dem Speisesaal des Erdgeschosses entsprach. Wenn Cecil nicht ein so gedankenloses Kind wäre, müßte sie es als den feinsten Beweis deiner Liebe empfinden, daß du sie in ein Haus einführst, wo ihr Beide für euch allein nur eben Platz habt und nicht daran denken könnt, mehr als drei Menschen einzuladen.

Wer weiß, erwiederte die Braut lächelnd, wie lang er es hier aushält, wie bald er diese paradiesische kleine Hütte mit unserem Landschloß vertauscht, wo ja Raum sein soll für eine wahre Musterehe, eine solche, in welcher Mann und Frau zwei getrennte Flügel bewohnen.

Er wollte eben mit einem Scherz antworten, als ein Diener aus dem Nebengemache trat und ihm etwas zuflüsterte.

Es ist gut, versetzte der Freiherr. Du wirst sie dann gleich anzünden müssen. Eine Lampe, Cecil, die ich heute früh als das Letzte, was noch fehlte, angeschafft habe, in jenem Kunstladen in der Friedrichsstraße, wo ich immer finde, was ich suche, wenn alle anderen Händler mich im Stich lassen. Es ist ein Wunderwerk von Broncearbeit, nach antikem Muster im edelsten Geschmack, und ich habe ihr die beste Stelle angewiesen dort in einem kleinen Kabinet, das ich für unsere Morgen- und Abendstunden bestimmt habe. Ich hoffe, sie hat deinen Beifall.

Es ist noch ein Kunstwerk mitgeschickt worden, sagte der Diener, während er voranging, die schwere seidene Portiere zu öffnen, die das Kabinet von dem Salon trennte. Der Herr ließ sagen, es sei für die Nische; der Herr Baron würden schon wissen. Wenn es nicht gefiele, nähme er es wieder zurück.

Ein Kunstwerk?

Ja, eine Dame, die eine Schlange in der Hand hat, von oben bis unten angemalt; ich habe sie einstweilen auf das Postament gesetzt, bis der gnädige Herr es anders befehlen.

Ich entsinne mich allerdings, versetzte der Freiherr, zu seiner Verlobten gewandt, daß ich mich heute morgen vergebens nach einer passenden Decoration der Nische umsah und im Laden Auftrag gab, mir irgend eine ausgesucht schöne Statuette zu besorgen. Nun bin ich neugierig, was sie so schnell aufgetrieben haben.

Mit diesen Worten betraten sie das helle kleine Gemach, das schon durch seine Form und Farbenstimmung einen ungewöhnlichen Eindruck machte. Es war ein längliches Viereck von den schönsten Verhältnissen, auf der einen Seite durch eine tiefe, im Halbrund überwölbte Nische geschlossen, in der nur ein schönes Ruhebett mit vergoldeten Füßen stand, und ein Marmortischchen davor. An beiden Langwänden, durch schöne Marmorpfeiler abgeteilt, waren südliche Landschaften mit leichtem Pinsel auf den hellen Grund gemalt und mit schönen antiken Arabesken eingerahmt, während die ganze Fensterwand von einer hohen, durch rothseidene Vorgänge geschlossenen Balkontür ausgefüllt war, die ebenfalls ein halbrunder Architrav einfaßte. Die Fensterflügel standen offen, die Luft des Gartens drang über die Marmorbrüstung herein, und in der Ferne sah man die letzten Wipfel des Parks in der Abendsonne glühen. Noch war die Helle kräftig genug, um auch in der tiefen Nische alle Gegenstände deutlich zu unterscheiden. Da sah man auf einem breiten Sockel, der etwas über dem Ruhebett erhaben aus einer kleinen Blende vorsprang, eine seltsame Figur in halber Lebensgröße, durch die warme, dem Leben täuschend nachgeahmte Färbung scharf gegen den grauen Hintergrund der Marmorwand abgegrenzt.

Es war ein schönes Weib, das auf einem niederen Sessel in plötzlicher halber Ohnmacht zurückgesunken schien und den Leib, der nur von den Hüften an mit einem dunklen Gewande umhüllt war, zurücklehnte, wie zum Einschlafen bereit. Das Haar, das aufgelöst in vollen Wellen über Stirn und Nacken niederfiel, war mit Perlenschnüren reich durchflochten, die sich die Schläfen herab auch um Hals und Brust schlangen. Die Ruhende schien eine kleine grüne Natter liebkosend auf ihrem Schooß gehalten zu haben. Jetzt hatte diese sich emporgeringelt, mit aufgerichtetem Kopf, und den Schuppenleib an die nackte Haut schmiegend unter der Brust leise den Zahn eingesetzt. Die eine Hand ihrer Herrin war müßig im Schooße liegen geblieben, die andere hielt mit behutsamem Druck das geschmeidige Thier umfaßt, wie um zu verhüten, daß es mitten in seinem furchtbaren Geschäft abließe. Doch war der Blick der großen Augen unter den breiten Liedern anscheinend nicht auf die Brust geheftet, sondern es war, als blicke sie in dunklen, halb schon vom Todesschatten verschleierten Gedanken ins Leere vor sich hin, während sich der Mund zu einem wollüstig schmerzlichen Lächeln öffnete und die weißen Zähne hinter den blassen vollen Lippen vorschimmern ließ. Was aber vollends den Eindruck des Unheimlichen erhöhte, war die unsägliche Kunst, mit der der Bildner seinem Werk die Farbe des Lebens angehaucht hatte, von den Fäden des grünen, golddurchwirkten Gewandes an, bis zu dem schwimmenden Glanz der Augen, dem Schmelz der kleinen Zähne, dem matten Schimmer der Perlen und dieser sammetweichen südlichen Farbe des herrlichen Leibes, der zu athmen und unter dem schmerzlichen Biß leise zu erschaudern schien.

Auch war die Wirkung, die das Bild auf die drei Menschen machte, als sie plötzlich in der glühenden Abenddämmerung davortraten, so überwältigend, daß Keines ein Wort über die Lippen brachte. Der Freiherr zumal war nach einem ersten hastigen Ausruf wie versteinert stehen geblieben, beide Hände auf die Marmorplatte des Tischchens gestützt, den Blick unverwandt auf die Züge dieser Kleopatra geheftet, in einer Aufregung, die er vergebens niederzukämpfen suchte. Erst als der Diener kam und sich anschickte, die eherne Lampe anzuzünden, die von der Decke herab an feingegliederten Kettchen über dem Tische schwebte, trat er, wie aus einem Traum erwachend, einige Schritte zurück und suchte einen unbefangenen Ton anzustimmen; er machte die Tante auf das seltsame Zusammentreffen aufmerksam, daß er heute früh diese Lampe gekauft habe, um deren Rand sich zwölf Schlangen ringelten, bestimmt, die Flammen aus ihren offenen Kiefern zu sprühen, und nun werde ihm noch die dreizehnte Schlange hinter seinem Rücken ins Haus geschickt. Die alte Dame äußerte ihr Befremden über das unheimliche Kunstwerk. Wenn man die Augen halb zudrückt, sagte sie, zumal jetzt, wo die Figur von eben durch die Ampel beleuchtet ist, so wird es Einem, als sehe man ein lebendes Wesen, nur in weiter Ferne, in dieser furchtbaren Situation vor sich und möchte hinzustürzen, um ihr das böse Thier aus der Hand zu reißen und zu zertreten.

Sie haben wohl Recht, Tante, erwiederte er zerstreut. Aber es ist ja nur ein Bild, es fühlt nichts. Nur die Lampe, die noch schwankt und ihren Schein auf und ab gleiten läßt über die grünen Ringe da, erweckt diese schauderhafte Täuschung. Seltsam bleibt es immer! setzte er wie mit sich selbst redend hinzu.

Die Tante hatte sich abgewendet und trat, nachdem sie einen flüchtigen Blick auf die Landschaften an den Wänden geworfen hatte, an eine hohe Thür, der Portière gegenüber. Wohin kommt man hier? fragte sie.

In das Schlafzimmer, liebe Tante, erwiederte er rasch. Der Diener wird Ihnen leuchten. Sie müssen den schönen Toilettentisch sehen, den ich für Cecil bestimmt habe. Ich selbst, so lange ich hier noch allein hause, fuhr er heiterer fort, habe mein Lager in dieser Nische aufgeschlagen. Aber das Bild wird mich nun wohl vertreiben, denn es ist allerdings gar zu wunderbar -

Er stockte und sah wieder mit einem fast ängstlich forschenden Ausdruck in das dunkle traurige Gesicht der unglücklichen Königin.

Da fühlte er Cecils Arm um seinen Nacken. Mein Geliebter, sagte sie, wenn es dein Ernst ist, daß wir hier in den schönen Morgenstunden mit einander frühstücken und daß ich dich Abends hier erwarten soll, wenn du einmal spät nach Hause kommst, so laß dies entsetzliche Bild aus der Nische bringen, ja gieb es dem Händler lieber wieder zurück, denn es preßt mir die Brust zusammen, als wäre es das Furchtbarste, was ich je gesehen habe, als müßte ich sterben, wenn ich eine ganze Nacht in Einem Raum mit dieser Sterbenden zubringen müßte. Ist denn das wirklich schön? Ich schäme mich nicht, so zu fragen. Ich habe dir nie ein Hehl daraus gemacht, daß mir für Manches, was du sehr bewunderst, der Sinn noch nicht aufgegangen ist. Aber so viel ich auch noch zu lernen hoffe durch dich und durch unser Glück, das weiß ich, daß ich dieses Bild nie ohne Entsetzen betrachten werde. Ich habe dich ja selbst sagen hören, daß ein wahres Kunstwerk die Seele befreien soll, selbst wenn es das Schmerzlichste ausdrückte. Ist dir nun dieser Gestalt gegenüber nicht auch zu Muth, als sähest du dem Tode selber ins Gesicht?

Gewiß! sagte er, immer den Blick starr auf das Bild geheftet. Aber ist nicht eine magische Gewalt in diesem Gespenst? Wo es der Künstler nur hergenommen hat? Eine schauerliche Süßigkeit, wie in jenen unvergeßlichen Zeilen:

Siehst du den Säugling nicht an meiner Brust

In Schlaf die Amme saugen?

Ich gäbe viel darum, wenn ich wüßte -

Er stockte wieder und ließ es ungerührt geschehen, daß sie Seine Hand an die Lippen zog und sie dann wie bittend in ihren beiden hielt. Weißt du, sagte sie, daß du mich noch eifersüchtig machen wirst, wenn du fortfährst, mich und dich selbst über diesem Phantom zu vergessen? Ich würde es ganz ruhig mit ansehen, wenn du einer lebendigen schönen Frau noch so schwärmerisch den Hof machtest. Es kann dich Keine so lieben, wie ich, und so würde ich es endlich mit Jeder aufnehmen, die dir eine Zeitlang einbildete, sie könne dich glücklicher machen. Nur die marmornen und gemalten Schönheiten waren mir schon früher bedenklich. Ich habe einmal eine ganze Nacht nicht geschlafen, als du am Abend von der Venus von Milo gesprochen hattest. Der legtest du deine eigene Seele in die steinerne Brust, und da sie stumm ist, kann sie dich ja nicht enttäuschen, wenn du ihr das Göttlichste andichtest, während ich mit meinem bischen Mutterwitz dir manchmal noch recht einfältig scheinen mag.

Er schien von all ihren herzlichen Worten nur den Klang gehört zu haben, und als sie jetzt schwieg, drückte er sie, ohne etwas zu erwiedern, ans Herz. Archibald! rief sie und sah ihm mit wachsender Unruhe in die Augen.

Laß es gut sein! sagte er und streichelte sacht ihr volles blondes Haar. Ich will sie fortschaffen. Du sollst sie nicht wieder sehen. Komm auf den Balkon. Es ist hier eine Luft zum Ersticken.

Draußen lag jetzt der Garten schon in blauen Abendschatten, und die Luft regte sich nicht. Sie sahen über die Blumenanlagen hinweg in die tiefen Wege des Parks, von woher eben eine Nachtigall zu schlagen anhob. Die Vögel in der Volière unten hatten sich meist schon zu ihrer Nachtruhe angeschickt. In dem Thürmchen aber hockte der Affe und fing an, sobald er das Mädchen oben erblickte, auf seltsame Art mit der weißen Quaste zu winken, sie in die Luft zu werfen und wieder zu fangen und in immer tolleren Sprüngen sich über das Dach hinauf und hinunterzuschleudern, während er von Zeit zu Zeit ein häßliches Geschrei, wie das Wimmern eines geschlagenen Kindes, ausstieß und dazwischen wieder mit den Zähnen schnatterte, daß es wie ein grimmiges Hohnlachen klang.

Ich weiß nicht, wie es kommt, sagte die Braut, indem sie zusammenschauernd den Burnus fester um ihre Schultern zog, es geht mir heute Alles so nah ans Herz, Freude und Schrecken. Du bist am Ende sehr mit mir betrogen, mein Liebster. Du dachtest eine heitere, unverzärtelte Frau ins Haus zu bekommen, die so recht aufs Land paßte, und nun entdeckst du, daß ich auch ein nervöses, schreckhaftes Geschöpf bin, das sich allerlei Einbildungen macht und Denen, die mit ihr leben, zur Last wird. Noch ist es ja Zeit, fuhr sie fort und sah mit einem himmlischen Kinderlächeln zu ihm auf, noch kannst du dich ja anders besinnen und mich sitzen lassen, um zu versuchen, ob ich vielleicht durch diese grausame Kur abzuhärten sei.

Er schloß ihr statt aller Antwort mit einem langen Kuß die Lippen, und sie überhörten es Beide, daß der Affe unten einen gräulichen Lärm machte und mit kleinen Steinen nach dem Hause warf. In diesem Augenblick trat auch die Tante wieder herein, aufs Höchste befriedigt von der Umschau, die sie gehalten, und voll Rühmens über hundert ausgesuchte Aufmerksamkeiten, mit denen aber erst die junge Frau überrascht werden sollte. Es ist ein wahres Feeenschlößchen, Kind, in dem du wohnen wirst, schloß sie ihr Loblied, und ich wüßte auch nicht das Geringste, was zu wünschen bliebe, wenn die garstige Meerkatze und die horrible Puppe mit der Schlange beseitigt sein werden. Aber nun ist es Zeit aufzubrechen, Cäcilie. Wir haben noch die Schneiderin auf heut Abend bestellt, und das sind Conferenzen, die selbst eine glückliche Braut nicht wohl versäumen darf.

Sie drängte so sehr nach Hause zu kommen, daß sie nicht einmal von den Früchten kosten wollte, die inzwischen im Salon in glänzenden Krystallschalen aufgetragen waren. Nur mit einem Glase Champagner anzustoßen auf das Glück des neuen Lebens in dem neuen Hause, konnte sie dem jungen Paare und sich selbst nicht versagen. Noch fünf Tage, sagte sie lächelnd, dann hab' ich diesem meinem Goldkind überhaupt nichts mehr zu sagen, dann ist sie selbst die Herrin des Hauses, und ich muß froh sein, wenn sie wirklich aus aufrichtigem Herzen der alten Tante zuredet, noch ein Viertelstündchen zu bleiben.

So plauderte sie in bester Laune, während Archibald sie die Treppe hinunterführte und Cäcilie wieder stumm geworden war. Als der Wagen mit den Damen von der Veranda fortrollte, stand der Bräutigam noch lange und sah in die nächtlichen Baumgruppen des Thiergartens hinaus, unter denen noch Alles von Leben wimmelte, während der Staub, den tausende von Füßen aufregten, in einer festen Wolke die Allee hinunterzog. Er fühlte einen Widerwillen, ins Haus zurückzukehren. Dann entsann er sich, daß er noch Geschäftsbriefe zu schreiben und Verschiedenes anzuordnen hatte, und stieg langsam die Treppe wieder hinauf.

Als er in den Salon trat, sah er noch die Kerzen auf dem Kredenztisch stehen und das halbgeleerte Glas Cäciliens röthlich in ihrem Lichte glänzen. In einer wunderlichen Müdigkeit der Gedanken ergriff er mechanisch das Glas. Er leerte es tropfenweise und setzte es dann rasch wieder hin. Noch fünf Tage! sagte er vor sich hin; es war, als wisse er keinen kräftigeren Zauberspruch, um sich aller Geister, die ihn umlauerten, zu erwehren.

Der Diener trat ein und fragte, ob er die Lampe in der Nische auslöschen solle. Laß sie noch brennen! erwiederte der Herr. Zünde mir aber drüben in meinem Arbeitszimmer Licht an, ich will dort übernachten.

Darauf ergriff er mit einem plötzlichen Entschluß den Armleuchter und schritt nach der Portière, die das Kabinet verschloß. Als er eintrat, suchte sein erster hastiger Blick das Bild in der Nische, und es überlief ihn ein jäher Schreck, als er, offenbar durch die hohe Lebenswahrheit und das flackernde Licht getäuscht, zu sehen glaubte, daß die Figur bei seinem Eintritt sich zu erheben verbuchte, aber kraftlos wieder zurücksank. Der Eindruck verflog wieder; er bezwang sich näher zu treten, stellte den Armleuchter auf das

Tischchen und versenkte sich nun mit Muße in die Betrachtung des geheimnißvollen Wesens. Je länger er davorstand, je düsterer wurde seine Stirn, je schmerzlicher zuckte es um seine Lippen. Er schien Alles um sich her zu vergessen, als hätte ihn der Anblick dieser Züge in einen Abgrund von Erinnerungen getaucht, in dessen Tiefe kein Laut der Nähe und Gegenwart hinabreichte.

Wie lange sein Geist so entrückt war, wußte er selber nicht, als sich die Portière plötzlich öffnete und das heitere Gesicht eines lieben Freundes neben ihm auftauchte. Bon soir, Archibald, rief der Eintretende und hielt dem hastig Auffahrenden zutraulich die Hand entgegen. Ich störe doch nicht? Wenigstens war ich diskret genug zu warten, bis dein schöner Besuch dich wieder verlassen. Ich bin dem Wagen am Thor begegnet und habe von Tante und Nichte einen huldvollen Händewink erhalten. - Aber was hast du nur? Du siehst so feierlich aus, als hättest du, statt hier die Braut zu empfangen, dein Testament gemacht. Ist denn wirklich kein Glück vollkommen?

Der Freiherr war von der Nische zurückgetreten, als wollte er die Aufmerksamkeit des Freundes von dem, was ihn selbst beschäftigte, ablenken. Er versuchte zu lächeln und drückte die dargebotene Hand herzlich. Laß es gut sein, sagte er, es geht schon vorüber. - Dann, sich plötzlich anders besinnend, ergriff er den Armleuchter und trat dicht neben die Figur, daß das volle Licht der Kerzen auf die dunklen Züge fiel. Kennst du dieses Gesicht? fragte er mit zitternder Stimme.

Ein Ausruf des Erstaunens entfuhr den Lippen des Andern. Dann nahm er ein Augenglas und betrachtete schweigend in nächster Nähe vom Kopf bis zu den Füßen das wundersame Bildwerk. Es schien ihm schwer zu werden, einen Namen zurückzuhalten, der ihm auf der Zunge schwebte.

Er war eine der nicht allzu seltenen liebenswürdigen Naturen, bei denen das Organ uneigennütziger, selbstloser Bewunderung in so hohem Maße ausgebildet ist, daß sie gegen ihren eigenen Werth mißtrauisch werden und endlich ganz darauf verzichten, für sich selbst etwas bedeuten zu wollen. Er stammte aus einem kleinen mitteldeutschen Ländchen, von alter, wohlhabender Familie, war daher früh in die große Welt eingeführt worden und hatte doch eine gewisse zarte Schüchternheit niemals ganz überwinden können. Gegen seine Neigung war er in die diplomatische Bahn hineingerathen, ohne jemals an einer größeren Aufgabe sein Selbstgefühl zu stärken. So hatte er sich resignirt, energischeren oder glücklicher angelegten Freunden von vorn herein den Vorrang einzuräumen und sich an fremden Erfolgen neidlos zu freuen. Ueberall galt er für den besten Gesellschafter, den aufopferndsten Freund und für einen gescheiten, sehr unterrichteten Menschen, der wohl könnte, wenn er nur wollte. Er erröthete jedesmal bis unter die Stirn, wenn ihm Jemand die geringste Artigkeit über seine Fähigkeiten sagte, und behauptete kopfschüttelnd mit großem Eifer, daß man ihn überschätze. Seine näheren Bekannten sagten es ihm auf den Kopf zu, daß er heimlich Verse mache, und eine dunkle Sage war plötzlich aufgetaucht, vor zehn Jahren sei auf der Hofbühne seiner heimischen Residenz ein Trauerspiel »Tancred« aufgeführt worden, das ihn zum Verfasser habe, das er aber standhaft ableugne, weil er den ehrenvollen Erfolg zum Theil auf Rechnung von Hof-Rücksichten geschoben habe, da man den Erbprinzen für den Dichter gehalten. Seitdem führte er im Kreise seiner nächsten Freunde den Namen Tancred, ohne sich weiter dagegen aufzulehnen. Er störte überhaupt Niemand in einem Vergnügen, selbst wenn es auf seine Kosten ging. Und so war es ihm auch in seinem Verhältniß zu Archibald ergangen, den er von jeher leidenschaftlich bewundert hatte. Wer genauer Bescheid wußte, zuckte die Achseln über den schwachen jungen Mann, der es nur natürlich zu finden schien, daß sein Freund eine Braut gewann, um die er selbst, freilich in seiner schüchternen Art, sich eine Zeitlang beworben hatte. Was in der Brust des Unbegünstigten vorging, blieb sein Geheimniß. Daß er aber nicht einen Moment dem Neide gestattete, das alte Vertrauen zu trüben, war deutlich zu erkennen; und Diejenigen mochten Recht haben, die ihm nachsagten, daß er in allem Anderen nur mittelmäßige Anlagen besitze, in Einem aber es zur Meisterschaft gebracht habe: in der Kunst, ein Freund zu sein.

Diese hohe Gabe schloß ihm auch jetzt die Lippen bei Archibald's Frage, ob er das Gesicht wiedererkenne. Er wußte, daß die Erinnerung dem Freunde eine der bittersten sein mußte. Und doch - was half es, verbergen zu wollen, was so mit Händen zu greifen war?

Seltsam, in der That! stotterte er endlich, ohne Archibald anzublicken.

Nicht wahr? fuhr jener hastig fort. Es ist keine Täuschung möglich! Es erschütterte mich auf den ersten Blick. Nun hab' ich jeden leisesten Zug studirt und allen Reiz und allen Jammer wiedergefunden.

Ich sah sie damals nur flüchtig, zwei oder drei Mal, sagte der Andere. Daher wäre ich nicht sicher, ob es nicht am Ende bloß der allgemeine Racen-Typus ist, der mich auf den ersten Blick frappirte. Du aber mußt es freilich besser wissen.

Ich weiß es nur zu gut, murmelte der Freiherr und heftete den Blick in fieberhafter Erregung auf eine Stelle des rechten Arms, wo in der dunklen Haut ein seltsames Zeichen mit feiner schwarzblauer Farbe eingeritzt war.

Er hatte den Armleuchter wieder auf den Tisch gestellt und stand mit gekreuzten Armen in tiefes Sinnen verloren. So schwiegen sie eine Weile.

Wie ist aber die Figur hieher und in deinen Besitz gekommen? fragte der Freund endlich.

Auch das ist räthselhaft. Ich werde nachforschen und vielleicht Dinge erfahren, die mir vollends die Ruhe rauben. Du bist ein Poet, Tancred. Wer weiß, ob ich dir nicht noch den Stoff zu einem Trauerspiele liefere. Es scheint, daß eine finstere Nemesis hinter mir her schreitet und mir das Netz ums Haupt werfen will gerade an der Schwelle meines besten Glücks. Und wahrhaftig, wenn es so wäre, so büßte ich schwerer, als ich gefehlt habe.

Das verhüte der Himmel! sagte der Freund und trat näher auf ihn zu. Komm von diesem unseligen Bilde fort und sag mir, was du fürchtest, und laß uns bedenken, ob es nicht abzuwenden sei. Ich weiß ja von dem ganzen Abenteuer nur das Wenigste. Ich habe euch in Paris zusammen gesehen und schon damals Sorge gehabt, daß dir die Geschichte tiefer gehen möchte, als heilsam war. Als wir uns ein paar Jahre darauf wiedersahen, merkte ich schon bei einer flüchtigen Andeutung, die mir entfuhr, daß ich an eine Wunde rührte. Und so habe ich meine Neugier bis zu einer mittheilsamen

Stunde vertröstet. Aber daß es so kommen würde, ahnte mir freilich nicht.

Ja wohl, erwiederte Archibald bitter; wer konnte denken, daß sie sich in Person wieder melden würde! und gerade jetzt, fünf Tage vor meiner Hochzeit, und in so rührender Gestalt, daß alle Philosophie nicht dagegen an kann! O, wenn du wüßtest, was es mich schon damals gekostet hat, ein Ende zu machen! Es war gleich bei unserem ersten Begegnen etwas in mir, das mich warnte, und ich darf mir nachsagen, daß ich mich redlich gewehrt habe, dem Zauber zu erliegen. Damals, als du uns in der Rue Molière häuslich eingerichtet fandest, war es erst vierzehn Tage her, daß ich sie bei mir aufgenommen hatte, aber schon zwei Monate, seit wir uns zuerst gesehen. Das geschah in den Champs-Elysées; ich kam mit ein paar Bekannten des Wegs und sah sie auf einer Bank sitzen, einen Korb mit Veilchenbouquets auf dem Schooß. Sogleich fiel mir das fremdartige Gesicht mit dem seltsam morgenländischen Typus auf, und ich trat, ohne auf die Späße der Andern zu achten, an sie heran, um zu fragen, durch welche Schicksale sie nach Paris verschlagen worden sei. Da gleich, als sie die großen Augen so traurig zu mir aufschlug, durchzuckte mich ein seltsames Gefühl der Theilnahme, das mich antrieb, mich ihrer anzunehmen, da es ihr am Gesicht geschrieben stand, daß sie unglücklich sei. Aber zugleich hielt mich eine noch stärkere Macht zurück, meine Stimmung deutlicher blicken zu lassen. Ich fragte sie, während ich ihr einen Strauß abnahm, nur, wie sie heiße. Cléopatre - sagte sie mit jener Stimme, die du ja selbst gehört hast. Die Andern sagten ihr allerlei schöne Dinge, die sie hinnahm, als verstünde sie kein Wort Französisch. Dabei hatte sie die Augen beständig auf mich geheftet, und als wir weitergingen und ich nach einer ganzen Weile mich zufällig umsah, bemerkte ich, daß sie uns gefolgt war, das Körbchen am Arm, mit ruhigen großen Schritten, die unter all den trippelnden und tänzelnden Pariserinnen ihre hohe Gestalt um so auffallender machten.

Ich verlor sie endlich aus den Augen und dachte über mancherlei Besuchen, die den Nachmittag ausfüllten, an die ganze Sache nicht mehr. Du weißt, wie in Paris ein Eindruck den andern verjagt, und ich war kaum eine Woche dort. Als ich aber Abends vor dem Theater noch einmal in meine Wohnung zurückkehrte, sah ich sie wieder etwa hundert Schritte hinter mir. Sie war mir richtig die zwei Stunden hindurch gefolgt, aber ohne sich mir wieder zu nähern. Ich konnte nicht umhin, mir darüber Gedanken zu machen, nicht die unangenehmsten, wie ich gestehen muß, doch glaubte ich es ihr und mir schuldig zu sein, gleich von vorn herein einen Riegel vorschieben. Als ich sie also beim Hinaustreten aus meinem Hause noch in der Nähe fand, wie wenn sie sich's in den Kopf gesetzt hätte, mich auch den Rest des Tages noch zu verfolgen, ging ich gerade auf sie zu und sagte in möglichst unfreundlichem Ton: Ich denke doch mein Bouquet bezahlt zu haben. Warum gehst du mir immer nach? Ich will deine Begleitung nicht und will überhaupt nichts weiter von dir. Damit du aber deine Zeit nicht umsonst vertrödelt hast - da! - Und so warf ich ihr noch einen Fünffrankenthaler in den Korb und wandte mich eilig ab, denn ich fühlte, daß der stille Ausdruck ihres Gesichts mir mit jeder Sekunde mehr zu Herzen ging. Ich sah dann noch, wie sie sich, scheinbar willenlos gehorsam, mit gesenktem Kopf entfernte, und mußte mir Gewalt anthun, daß ich sie nicht noch einmal zurückrief. Doch wünschte ich mir schließlich Glück, so leichten Kaufs davon gekommen zu sein; denn allerlei Geschichten guter Freunde, die aufs Kläglichste in die Fallen verschmitzter Lockvögel gerathen waren und erst sehr gerupft sich hatten retten können, waren mir noch in frischer Erinnerung.

Ich bin ihr dann wohl zehn Tage lang nicht wieder begegnet, und das Gesicht, das anfangs noch oft genug in mir auftauchte, fing schon an zu verblassen, als ich eines Morgens früher als gewöhnlich die Treppe meines Hauses hinunterstieg und unten im Flur vor der Loge des Portiers fast die sämmtliche Dienerschaft um eine weibliche Gestalt versammelt fand, die auf einen Stuhl hingesunken war und den Kopf so tief auf die Brust gesenkt hatte, daß ich sie zuerst nicht erkannte. Ich hörte, das Mädchen sei heute am frühsten Morgen vor der Hausthür gefunden worden, in einer tiefen Ohnmacht, aus der sie noch jetzt nicht völlig erwacht sei. Offenbar habe sie draußen schon die halbe Nacht gelegen, denn ihre Kleider seien von dem leichten Regen ganz durchnäßt und die Stelle, wo sie gelegen, trocken geblieben.

Als ich herzutrat, erhob die Ohnmächtige, von einer mitleidigen Magd unterstützt, das Haupt ein wenig, und nun erschrak ich heftig, da ich sie erkannte. Auch sie schien endlich das Bewußtsein wiederzufinden, denn, als besinne sie sich auf meine rauhe Abweisung von damals, fuhr sie zusammen, so wie sie mich sah, und beruhigte sich erst wieder, als ich auf sie zutrat und sie, natürlich wie eine völlig Fremde, befragte, was ihr fehle. - Nichts! sagte sie und versuchte zu lächeln, daß sie plötzlich ganz wunderschön aussah und die mitleidige Schaar, die sie umstand, sich allerlei bewundernde Worte zuraunte. Sie wird Hunger haben, sagte eine der Mägde. Man sollte ihr eine Tasse Bouillon geben und sie in trockene Kleider bringen. - Ich gab sogleich Auftrag, daß man ein Frühstück für sie bereite, und fragte die Frau des Portiers, ob sie wohl für eine gute Entschädigung die Sorge für das arme Mädchen vorläufig übernehmen wolle. Erst als das Nöthigste abgemacht war und ich gesehen hatte, daß ein paar Züge der kräftigen Bouillon ihre Lebensgeister wieder aufrichteten, ging ich meiner Wege und überließ sie den Andern.

Du begreifst wohl, daß ich Mittags mit einigem Herzklopfen das Haus wieder betrat. Ich fand sie im Wohnzimmer des Portiers sichtbar erholt am Tische sitzend; sie hatte das kleinste Kind ihrer Pflegerin auf dem Schooß und legte es, da ich eintrat, rasch in die Wiege, um mit einer demüthigen Geberde aufzustehn, als erwarte sie, daß ich sie nun wieder forttreiben würde. Die Portiersfrau erzählte, daß sie vom Essen allein wieder gesund geworden sei und ihr gestanden habe, seit drei Tagen habe sie nur von zwei Sousbrödchen gelebt. Nun fragte ich sie, wie sie in dieses Elend gerathen sei, und gestehe dir, daß ich ihre Erzählung immer noch mit einigem Mißtrauen anhörte. Sie sei die Tochter eines französischen Ingenieurs, der in Aegypten unter dem Vicekönig Jahrelang gedient und endlich eine Araberin zur Frau genommen habe. Mehrere Geschwister, die sie noch gehabt, seien am Fieber gestorben, endlich auch die Mutter. Da habe der Vater seinen Abschied genommen, um nicht auch das letzte Kind noch in fremder Erde begraben zu müssen, und habe sie als ein zehnjähriges Mädchen nach Paris gebracht. Hier habe er sich mehrere Jahre hindurch kümmerlich durchgeschlagen, und als er vor zwei Jahren gestorben, sei Alles, was er hinterlassen, für die Begräbnißkosten draufgegangen. Sie hätten in einer Vorstadt gewohnt bei einem Gärtner, der aus Mitleiden das verwaiste Mädchen im Hause behalten habe, da er selbst kinderlos sei. Anfangs habe sie es gut bei ihm gehabt und ihm nur helfen müssen, seine Blumen zu verkaufen. Aber seit einigen Monaten sei die Frau ihr gram geworden. Ich konnte aus ihren Andeutungen leicht entnehmen, daß die Kinderlose auf das schöne Mädchen eifersüchtig geworden war und darüber mit ihrem Manne heftige Auftritte gehabt hatte. Das Ende vom Liede war dann gewesen, daß die Frau darauf bestanden hatte, die Fremde müsse aus dem Haus. Seitdem war sie obdachlos herumgeirrt, hatte ihre kleine Baarschaft rasch verthan und war endlich vom Hunger erschöpft zu meiner Thür geflüchtet, als ob sie in der Welt keine bessere Zuflucht finden könnte.

Das Alles hörte ich, wie gesagt, ziemlich ungläubig mit an, oder vielmehr, ich suchte mich selbst hinter dieses künstliche Mißtrauen zu verschanzen, da mich mein Herz nur allzu sehr zu dem armen Kinde hinzog. Ich erfuhr noch denselben Tag, da ich mich in der Vorstadt bei den Nachbarn der Gärtnersleute erkundigte, daß sich Alles buchstäblich so verhielt, und daß Niemand dem guten Mädchen etwas nachzusagen wisse, daß sie vielmehr bei allen jungen Leuten im Ruf der größten Kälte und Gleichgültigkeit stehe und auch im Hause des Gärtners nichts Anderes verbrochen habe, als daß sie schöner und jünger gewesen, als die Hausfrau.

Was war nun zu thun? Die Portiersfrau, die sich in ihren Schützling förmlich verliebt hatte, wäre gern bereit gewesen, sie bei sich zu behalten, da auch die Kinder sehr an ihr hingen und ihr Mann außer dem Trunk keine andere Passionen hatte. Aber ich fürchtete mich vor mir selbst, wenn ich mit ihr unter Einem Dache leben sollte, und so faßte ich den heroischen Entschluß, der mir schwer genug wurde, sie am andern Ende von Paris bei einer würdigen alten Modistin unterzubringen, die mir von guter Seite als eine respektable Dame empfohlen war. Sie sollte dort alle die weiblichen Arbeiten lernen, von denen sie noch nicht das Mindeste verstand, und übrigens ließ ich mir versprechen, daß sie in einer strengen Zucht gehalten und nicht hinter den Ladentisch gesetzt werden sollte, um bei ihrer Schönheit und Unerfahrenheit nicht dem ersten besten Flaneur zum Opfer zu fallen.

Als ich ihr diesen Entschluß ankündigte, verrieth sie mit keiner Miene, ob es ihr lieb oder leid sei. Es war überhaupt eine gewisse träumerische Willenlosigkeit in ihrem Wesen, die das Interesse, das ihr erster Anblick erregte, nach und nach wieder dämpfte; denn es schien, als ob die Seele in diesem schönen Leibe noch schlafe, oder überhaupt keiner lebhaften Regung fähig sei. So sah ich sie denn auch, als sie mit der Frau des Portiers in den Fiaker stieg, um zu der guten Madame Larivière zu fahren, mit einer ziemlich abgekühlten Stimmung scheiden und hoffte wirklich, es sei damit abgetan, und ich würde nur durch die monatlichen Pensionärechnungen der Modistin an ihr Dasein erinnert werden.

Etwa drei Wochen gingen so hin; ich widerstand beharrlich der Versuchung, sie wiederzusehen, wozu es nicht an Vorwänden gefehlt hätte. Zuletzt dachte ich an sie mit ziemlichem Gleichmuth, wie an eine Figur aus Horace Vernet's Smahla, und pries meine Besonnenheit, daß ich mich so rasch und einfach aus dem gefährlichen Handel gezogen hätte.

Aber ich hatte mich gewaltig verrechnet.

Eines Abends, als ich ohne an etwas Arges zu denken, nach Hause komme, finde ich ein Briefchen auf meinem Tisch, von ungeschicktem Format, die Adresse mit großen Buchstaben mühsam gemalt. Mir ahnte gleich Unheil, und richtig, es war ihre Handschrift und der Inhalt nichts als ein verzweifelter Angstschrei: »Nehmen Sie mich von hier fort - ich ersticke hier - es fehlt mir nichts, aber ich muß sterben, wenn ich hier bleibe!« - - im Ganzen fünf bis sechs Zeilen, aber von der unwiderstehlichen Beredsamkeit einer aufrichtigen Verzweiflung.

Du wirst es natürlich finden, daß ich, statt schriftlich Moral zu predigen, auf der Stelle zu Madame Larivière fuhr. Die gute Dame öffnete mir selbst die Thür und war sichtlich froh, daß ich kam, obwohl sie von dem Billet Kleopatra's keine Silbe wußte. Ich habe Ihnen schon dieser Tage schreiben wollen, sagte sie, als ich noch im Vorzimmer nach ihrer Pensionärin fragte. Es ist irgend was nicht richtig in dem Kopf des guten Kindes. Sie klagt über nichts, thut was man ihr sagt, arbeitet zwar ohne Talent, aber mit großem Fleiß, und schwindet dabei täglich mehr hin, daß es ein Jammer ist, wie sie mager geworden ist und ihre Augen allen Glanz verloren haben. Auch nimmt sie kaum einen Bissen den ganzen Tag, und ich glaube, daß es viel ist, wenn sie Nachts vier Stunden schläft. Wenn ich sie frage, was ihr fehlt, schüttelt sie nur den Kopf. Ich habe unter meinen Arbeiterinnen allerlei Närrinnen und tolle Grisetten. Manchmal bebt der ganze Saal von ihrem Lachen. Virginie - denn so haben wir sie umgetauft, weil ihr anderer Name so heidnisch klingt - Virginie, wie gesagt, sitzt immer dazwischen und öffnet nicht den Mund, obwohl sie doch wahrhaftig ihre Zähne sehen lassen könnte. Meine Mädchen behaupten, sie sei verliebt. Ich habe sie einmal geradezu gefragt. Da hat sie mich angesehen, als hätte ich gefragt, ob sie falsche Hundertfrancsnoten gemacht habe.

Ich ließ fallen, daß es ihr vielleicht an Bewegung fehle. Nein, hieß es, sie sei jeden Tag mit Madame ausgegangen, wenn die ihre kleinen Kommissionen gemacht habe, natürlich immer dicht verschleiert. Auch eine Landpartie habe sie mitgemacht; doch sei Alles beim Alten geblieben.

Nun bat ich, mich zu ihr zu führen, und traf sie in dem großen Arbeitssaal, wo schon Feierabend gemacht war, mit einer einzigen älteren Hausgenossin am Fenster. Sobald sie mich sah, stand sie auf. Das Blut war ihr in die Wangen getreten, sie senkte rasch ihre großen Wimpern und sprach kein Wort. Ich sah aber wohl, wie es stand. Als ich ihr die Hand bot und nach ihrem Befinden fragte, zitterte sie heftig und erwiederte nur mit einem Kopfnicken. Ich sagte ihr dann, daß sie Hut und Shawl nehmen solle, ich wolle sie zu einem Spaziergang abholen. Da lief sie mit einer rührenden Hast nach ihren Sachen, umarmte Madame und folgte mir dann, immer noch die Röthe auf den eingesunkenen Wangen, die steilen Treppen hinab auf die Straße.

Ich suchte nun, während sie mir leicht wie eine Feder am Arme hing, mit den freundlichsten Worten aus ihr herauszubringen, ob sie über irgend etwas im Hause der Madame Larivière zu klagen habe. Nein! Man habe sie mit ausnehmender Güte behandelt. - Ob sie Heimweh habe nach dem Lande ihrer Geburt? Ob ich sie zurücksenden solle nach Alexandrien? Sie brach in Thränen aus bei dieser Frage und schüttelte heftig den Kopf. - Du kannst denken, wie mir bei alledem zu Muthe war. Denn als ich sie zuletzt bat, es doch noch einmal im Hause der Dame, die ja so gütig sei, zu versuchen, sie werde sich doch am Ende eingewöhnen, blieb sie plötzlich stehen, ihr Gesicht verfärbte sich, und mit schwerem Athem sagte sie: Bringen Sie mich lieber auf der Stelle um! Ich *kann* so nicht weiterleben!

Da war guter Rath treuer. Um sie nur fürs Erste zu beschwichtigen, führte ich sie nun in eine maison garnie, die von einem soliden deutschen Ehepaar gehalten wurde. Du wirst hier übernachten, Virginie, sagte ich, als wir in dem hübschen Zimmerchen allein waren. Morgen komme ich, und wir wollen dann sehen, was weiter zu thun ist. Denn wenn es dir so sehr widersteht, will ich dich nicht zwingen, zu Madame zurückzukehren. Gute Nacht, mein armes Kind!

Ich gab ihr die Hand, und wie sie mir so gegenüberstand mit dem Ausdruck des hülflosesten Schmerzes, fuhr mir's durch den Sinn, daß vielleicht eine rasche, wenn auch bittere Aufklärung die beste Kur sein möchte. Kind, sagte ich, ich sehe nur zu deutlich, wo der Sitz des Uebels ist. Du liebst mich, du bist nicht froh, wenn ich nicht bei dir bin. Aber was soll daraus werden? Ich kann dich nicht zur Frau nehmen, ich würde es nicht thun, auch wenn ich dir noch herzlicher zugetan wäre. Und dich unglücklich zu machen, bist du mir zu lieb. Das sage ich dir, obwohl es dir jetzt weh thut; aber du mußt die ganze Wahrheit wissen, damit du dich in dein Leben schicken lernst. Du mußt dich bemühen, mich zu vergessen. Morgen muß es das letzte Mal sein, daß wir uns sehen; das bin ich dir schuldig und dem Andenken deines wackeren Vaters. Und darum sei vernünftig, Kind, und mach mir's nicht schwer, dein Freund zu bleiben.

Dergleichen sagt' ich ihr und wunderte mich über die regungslose Stille, mit der sie es hinnahm. Ja fast glaubte ich wieder, mich getäuscht zu haben und die Krankheit in irgend einem physischen Grunde suchen zu müssen. So empfahl ich sie noch den guten Wirthsleuten und ging von ihr mit dem Vorsatz, morgen jedenfalls einen erfahrenen Arzt mitzubringen, wenn ich sie wieder besuchte.

Aber damit konnte ich mir doch die Sorgen nicht wegphilosophiren, noch weniger die Neigung zu dem wunderbaren Traumwesen, das mir jedesmal verführerischer vorkam. Ich hatte eine schlechte Nacht. Hundert unzulängliche Projekte fuhren mir durch den Sinn. Als ich am späten Morgen aufstand, war ich noch nicht klüger als vor zehn Stunden.

Eben hatte ich mich zu meinem Frühstück gesetzt, da wird die Thür aufgerissen und meine brave Landsmännin, die Wirthin der maison garnie, stürzt herein, blaß wie ein Gespenst, und berichtet das Entsetzliche, die junge Dame, die ich ihnen gestern gebracht, habe ein Attentat auf ihr eigenes Leben gemacht. Als sie in der Frühe noch keinen Laut von ihr vernommen, sei sie an ihre Thür gegangen und habe angeklopft, weil ihr die Sache unheimlich gewesen. Zuletzt habe man das Schloß sprengen müssen, und da habe man sie denn in ihren Kleidern auf dem Sopha ausgestreckt gefunden, das Schnürleib offen und Alles voll Blut aus mehreren Wunden, die sie sich mit einem kleinen Messer unter der linken Brust beigebracht habe. Geathmet habe sie noch, aber sehr schwach, und die Augen seien geschlossen. Auf der Stelle sei ihr Mann, der Wirth, zu einem Arzt gelaufen, sie aber zu mir, damit ich käme und den Jammer selber sähe.

Ich brauche dir nicht zu schildern, mit welchen Gefühlen ich hineilte. Ich fand den Arzt schon beschäftigt, die Wunden zu untersuchen, die er für unbedeutend erklärte, da die edlen Theile unverletzt geblieben. Nur der starke Blutverlust hätte tödtlich werden können, wenn die Hülfe ein paar Stunden später gekommen wäre. Noch während er da war, kam sie auf einen Augenblick wieder zu sich. Als sie mich an ihrem Bette sah, nahm ihr Gesicht einen unsäglich rührenden Ausdruck von Angst und Schüchternheit an, als fürchte sie, gescholten zu werden. Ich sagte ihr ins Ohr, was mir mein Herz an liebkosenden Worten eingab. Da lächelte sie und schloß die Augen wieder.

Und wie war sie schön! - - -

Archibald schwieg und drückte das Gesicht in beide Hände. Auch der Freund hatte den Kopf in die Hand gestützt, und so saßen sie eine Weile einander abgewendet an dem Marmortisch, und es war, als ob sie Beide es nicht übers Herz bringen könnten, das traurige Gesicht in der Nische wieder anzusehen, das zu all diesen Worten stumm und starr vor sich hin gelächelt hatte.

Endlich riß sich Archibald aus seiner Versunkenheit auf, that ein paar Schritte durch das Gemach und blieb an dem offenen Balkonfenster stehen, durch das in breitem, erfrischendem Strom Mondlicht und Nachtkühle hereindrangen. - Der Freund war ihm gefolgt und hatte ihm den Arm herzlich um die Schultern gelegt. Das ahnte mir freilich nicht, sagte er, als ich euch beisammen sah und nicht wußte, wer von Beiden beneidenswerther sei.

Der Rausch war kurz, die Reue ist lang, erwiederte Archibald düster. Aber mir ist doch jetzt leichter, seit ich dir's gesagt habe. Du wirst mir zugestehen, daß eine eigene, über- und fast unmenschliche Art von Heroismus dazu gehört hätte, sich nach diesen Erlebnissen loszureißen und nur an die eigene Ruhe zu denken, die allenfalls durch eine rasche Trennung zu retten gewesen wäre. Aber war es nicht in jedem Falle um *ihre* Ruhe geschehen? Ich weiß nicht, was eine haarspaltende Moral in dieser verzweifelten Lage dictirt hätte. Genug, es kam, wie es kommen sollte.

Du hast uns gerade in unserer besten Zeit gesehen, wo ich noch die Kraft hatte - oder die Schwäche? - mich aller Zukunftsgedanken zu entschlagen. Sie selbst hat wohl keinen Augenblick, so lange das Glück währte, auch nur den leisesten Gedanken gehabt, daß es einmal enden könne. Wenn sie mich späterhin zuweilen zerstreut und nachdenklich fand, fiel es ihr nicht im Traum ein, daß sie der Grund sein möchte. Sie gab sich dann alle Mühe, doppelt munter zu sein. Zwar konnte sie sich nicht in eine schwatzhafte Französin verwandeln, und wenn ein Dritter dabei war, fiel sie meist in ihre träumerische Einsilbigkeit zurück, als wäre ich ebenfalls abwesend oder gehörte ihr nur halb. Aber kaum war die Thür hinter dem Besuch ins Schloß gefallen, so belebte sich ihr ganzes Wesen und sie suchte mir auf tausenderlei Art zu zeigen, daß sie nur für mich auf der Welt sei. O mein Lieber, wie eigensinnig, wie undankbar, wie tyrannisch ist unser Herz! Wirst du glauben, daß ihre grenzenlose Hingebung das unheimliche Gefühl von Fremdheit nicht verdrängen konnte, das mich gleich Anfangs vor ihr gewarnt hatte? Daß mitten in allem Rausch ein Punkt in mir kühl und nüchtern blieb, eine Stimme mir zurief, sie ist nicht viel anders dein, als eine schöne Sklavin dem Großherrn gehört, und darum muß es früher oder später ein Ende nehmen, wie ein Märchen aus Tausend und einer Nacht, das einem wieder verschwindet, wenn man es ausgelesen hat, das nicht ein Leben ausfüllen, nicht unser Ein und Alles werden kann? Und dann brütete ich über unglückseligen Gedanken, wie ich es anstellen sollte, mich ihr entbehrlich zu machen, wenn es auch nur um den Preis möglich wäre, daß sie mich hassen lernte.

Wie mir dieser Zwiespalt alle Freude verbitterte, kannst du dir vorstellen. Ich wußte, daß wir zuletzt unglücklich werden mußten, wenn wir beisammen blieben. Und doch, wie sollte ich es übers Herz bringen, mich von ihr zu trennen, da sie nur für mich zu leben schien? Dazu kam, daß ich gerade in jenen Pariser Märchentagen mit einer mir selbst räthselhaften Unruhe an Cecil's Kinderaugen zurückdachte, die damals so ernsthaft nach dem blutjungen Fähnrich geblickt hatten, und ein Bild der nun Herangewachsenen, das meine Mutter, wie ich wohl wußte, nicht ohne geheime Absicht mir zugeschickt, im geheimsten Fach meines Schreibtisches verbarg, um es nur zu oft hervorzuholen und mit wechselnden Gefühlen zu betrachten. - Einmal traf mich Virginie, wie auch ich sie nannte, in einem solchen unbewachten Augenblicke. Ich log, um sie nicht zu kränken, es sei meine Schwester. Das Wort machte sie nachdenklich, nicht, als ob sie mir nicht geglaubt hätte. Ich hätte ihr sagen können, daß der Mann im Monde mein Bruder sei, und sie hätte sich nicht erlaubt daran zu zweifeln. Aber zum ersten Male schien sie darüber nachzudenken, daß ich auch noch Anderen angehöre, als ihr. Ich mußte ihr von den Meinigen erzählen. Ob ich wohl deiner Mutter gefallen würde? war das Einzige, was sie erwiederte. Dann lenkte sie selbst zu anderen Dingen ab, als sagte ihr ein lebhafter Instinkt, daß es nicht heilsam sei, mich an meine Heimath zu erinnern.

Und seltsam genug, das war unser letzter Abend. Am andern Morgen erhielt ich einen Brief meiner Mutter, der es mir dringend machte, sofort nach Hause zu kommen, wenn ich den Vater noch am Leben finden wollte. - Ich saß gerade am Frühstückstisch, meiner Geliebten gegenüber. Auch sie hatte, ungewöhnlicher Weise, einen Brief erhalten, der sie zuerst zu bestürzen und hernach zu belustigen schien. Als wir beide ausgelesen hatten, sah sie mich mit ihrem reizendsten Lächeln an. Tiens! sagte sie und reichte mir den Brief, da ist etwas zu lachen. Hoffentlich ist dein Brief gescheiter. Ich nickte in tiefen Gedanken und nahm ihr mechanisch das Blatt aus der Hand. Ein junger Mann, der sich mit seinem vollen Namen unterschrieben hatte, erklärte ihr darin in den leidenschaftlichsten und doch nicht überschwänglichen Ausdrücken seine Liebe und bot ihr sogar seine Hand an. Er wisse wohl, in welchem Verhältniß sie zu mir stehe. Aber er wisse auch, daß er es ehrlicher mit ihr meine, als ich, der ich sie doch über kurz oder lang im Elend zurücklassen würde. Er habe ihren Vater gekannt und beklage es, daß sie sich in aller Unerfahrenheit so weit verirrt habe. Wenn sie sich jetzt noch entschließen könne, auf dem abschüssigen Pfade still zu stehen und einem aufrichtigen Freunde die Hand zu reichen, so solle sie ihm antworten und er werde alles Andere auf sich nehmen.

Sie lächelte wie ein Kind, als ich das Blatt stumm und ernsthaft auf den Tisch legte. Sie glaubte, ich fürchtete wirklich, daß sie diesem Bewerber Gehör geben könnte, und um mir diese vermeintliche Grille wegzuscherzen, bot sie Alles auf, was sie an Liebe und Munterkeit besaß. O mein Lieber, diese Qualen, die ich litt, als ich unter ihren tausend halb kindischen, halb zauberischen Liebkosungen den festen Entschluß faßte, heute noch mich von ihr wegzustehlen! Niemals war sie mir jedes Opfers werther erschienen, niemals rührender in ihrem unerschütterlichen Vertrauen, daß wir nie getrennt werden könnten. Ich machte mich endlich, indem ich selbst mich zu scherzen zwang, mit zerrissener Seele los und nahm meine Zuflucht zu der Wirthin jener maison garnie, die immer noch ein mütterliches Herz für sie hatte. Gegen Abend, um die Zeit, wo ich gewöhnlich zu Tisch nach Hause kam, sollte sie zu ihr gehen, ihr mittheilen, was in dem Briefe meiner Mutter stand, den ich, um ihr die Rolle zu erleichtern, der braven Frau zurückließ, damit sie selber glaube, was sie sage. Ich müsse Tag und Nacht reisen und hätte sie nicht mitnehmen können und den Abschied ihr und mir ersparen wollen. Aber ich würde wiederkommen - so bald ich könnte. Und inzwischen möge sie sich pflegen und guter Dinge sein. Eine beträchtliche Summe hatte ich in meinem Schreibtisch zurückgelassen - überhaupt nichts mitgenommen, als Cäciliens Bild.

So ist das gekommen - und was ist jetzt noch zu sagen? Du weißt, wie ich es hier fand, meinen guten Vater wirklich schon gestorben, die Mutter unfähig, sich in das Leben ohne ihn zu finden. Damals begann ihre Krankheit, die sie mir schon nach einem Jahre entreißen sollte. Wie durfte ich von ihr gehen, um mein Pariser Leben fortzusetzen, das mir jetzt wie der Traum eines Opiumessers vorkam, doppelt unheimlich, seit ich Cecil wiedergesehen und in der ersten Stunde erkannt hatte, nur sie könne mich glücklich machen!

Ich schrieb an meine wackere deutsche Freundin, die Hotelbesitzerin, zu einer Zeit, wo ich berechnen konnte, daß die zurückgelassene Baarschaft auf die Neige gehe. Ich stellte ihr einen neuen Kredit aus zu Gunsten der armen Verlassenen und bat um Nachrichten, indem ich ihr aus meiner Lage kein Geheimniß machte. Erst nach drei Wochen kam Antwort, Virginie habe eine Zeitlang ganz eingezogen und anscheinend ruhig für sich gelebt, dann sei sie plötzlich verschwunden. Alle Nachforschungen seien ohne Erfolg geblieben.

Das las ich in der Einsamkeit meines Landlebens, wo ich Niemand hatte, der mir die Qual und den Kampf meines Innern hätte erleichtern können. Sie ist todt! sie ist durch deine Schuld gestorben! sagte ich mir jetzt, und die Phantasie malte mir ein Schreckbild nach dem andern vor. Und wieder glaubte. ich eine Stimme zu hören: Sie lebt! Sie kann nicht sterben ohne dich! Eines Tags, wenn du es am wenigsten denkst, wird sie vor dich hintreten und dein Leben zerstören, wie du das ihre unselig gemacht hast. - Und so Tag und Nacht, Wochen, Monate lang - Selbstanklagen und dann wieder Rechtfertigungen vor mir selbst, daß mich ja das Schicksal förmlich am Schopf gepackt und hineingeschleudert habe in diese Leiden - du selbst, mein Freund, obwohl du Poet bist und genug Tragödien gelesen hast, kannst nicht den zehnten Theil dieser Seelenqual dir vorstellen, die damals meine beständige Gesellschaft war.

Aber sie wurde gelinder, wie Monat nach Monat verstrich und von Paris her Alles still blieb. Als ein ganzes Jahr, zugleich das Trauerjahr um meine Mutter, herum war, fiel mir's wie ein Stein vom Herzen. Ich wagte die Augen wieder aufzuschlagen und sah in ein neues Leben und dachte, das alte sei hinlänglich abgebüßt. Da wuchs mir auch der Muth, um Cecil anzuhalten. Ich glaubte, nun sei Alles gewonnen, und ihre reine Nähe, ihr Besitz würden das Letzte thun, mich zu entsühnen. Jetzt kommt es mir vor, als sei es ein neues Verbrechen gewesen, daß ich mich ihr anzutragen wagte. -

Er schwieg wieder und starrte in den Mondhimmel hinter den Bäumen. Es war ihm nicht anzusehen, ob er hörte, was der Freund in herzlicher Mitempfindung zu seiner Beruhigung sagte. Plötzlich unterbrach er ihn mit der hastigen Frage:

Glaubst du, daß es einen Zufall giebt?

Bester Mensch, erwiederte der Andere, ich bin ein noch schlechterer Philosoph als Dichter. Aber was hülfe es dir auch, wenn ich dir jetzt, für oder wider, die schönsten Beweise brächte? Statt zu räsonniren, solltest du das Eine bedenken, daß du jetzt keine höhere Pflicht kennen darfst, als Cäcilien glücklich zu machen und ihr Alles fern zu galten, was wie ein Gespenst aus deiner eigenen Vergangenheit aufsteigen könnte, um sie zu beunruhigen. Du mußt vor Allem die Figur wegbringen lassen und zwar an einen Ort, wo du sicher bist, sie nie wieder zu erblicken. Darum kann ich sie dir nicht wohl abnehmen. Aber schlimmsten Falls, wenn sich kein Liebhaber fände, würde ich sie lieber in Stücke schlagen, als mich dermaßen von ihr peinigen lassen.

Du hast Recht, sagte Archibald dumpf. Sie *muß* fort, aber in sichere Hände. In Stücke schlagen? Es findet sich schwerlich ein Mensch, der Hand an sie zu legen wagt. Denn sieh selbst, Lieber: ist es nicht fast wie wenn man ein lebendes Wesen umbringen sollte? Allenfalls - wenn man sie irgendwo in ein tiefes Wasser versenkte - aber nein, nein! Das wäre noch furchtbarer! Ersticken! Ertränken!

Er war wieder an die Nische getreten und warf seine Augen mit einem ängstlichen Blick auf die Gestalt. Dem Freunde ward bange, daß die Aufregung sich zu einer fixen Idee in ihm steigern möchte. Komm, sagte er, es taugt dir nicht, immerfort das Gesicht anzusehen und darüber zu grübeln. Begleite mich in den Klub, oder wenn du nicht unter Menschen willst, laß uns einen Gang durch den Tiergarten machen und irgendwo soupiren. Du wirst über das Alles gelassener denken, wenn du ein paar Gläser alten Xeres zu dir genommen hast.

Laß mich nur, erwiederte Archibald trübsinnig. Ich habe noch einige Geschäfte zu ordnen, dann hoff' ich zu Schlafen und vielleicht Manches zu verschlafen. Ich danke dir für deine Freundschaft. Ich werde sie noch oft genug in Anspruch nehmen, aber heute Abend -

Ich sehe, daß du verlangen hast, allein zu sein, sagte der Freund und nahm seinen Hut. Morgen sprech' ich wieder vor und hoffe dich schon in der Besserung zu finden. Gute Nacht, Archibald!

So ging er, und auch der Freiherr verließ das Kabinet und rief dem Diener, das Flämmchen der Ampel auszulöschen und ihm frisches Wasser in sein Arbeitszimmer zu bringen. Dort in dem hohen, mit Bücherschränken und schönen Kupferstichen behaglich ausgestatteten Gemach, wo auf dem Schreibtisch das reizende Aquarellbild Cäciliens stand, schien ihm wohler zu werden. Er trank ein paar Gläser Wasser, schrieb einige Briefe an seinen Verwalter und entfernte Verwandte und saß dann lange, den Rauch seiner Cigarre still vor sich hinwirbelnd, am Tisch, seine Seele in die strahlenden blauen Augen des holden Mädchens versenkend. Es war ihm zu Muth, als könne er es deutlich fühlen, wie die ungestümen Wellen seines Bluts nach und nach in ihren Adern sich zur Ruhe legten. Nur noch ein Druck über der Stirn blieb zurück, den hoffte er zu verschlafen. Er hatte schon das Licht gelöscht, um sich auf den großen Divan zu strecken, den ihm der Diener mit einigen Decken und Kissen für die Nacht hatte herrichten müssen, als ein Geräusch von der Gartenseite her draußen an dem stillen Hause ihn stutzig machte. Es klang, als ob der Balkon behutsam erstiegen und die nur angelehnte Glasthür ins Kabinet hinein vorsichtig geöffnet würde. Dann wurde es wieder so still, daß Archibald einen Augenblick sich getäuscht zu haben glaubte. Doch ließ es ihm keine Ruhe. Rasch erhob er sich, warf den seidenen Schlafrock um, ergriff einen Stock mit schwerem, erzgetriebenem Knopf als Waffe und öffnete leise die Thür in den Salon. Die Teppiche dämpften den Klang seiner Schritte. Mit verhaltenem Athem schlich er durch den mondhellen Raum und horchte durch die Portière ins Kabinet hinein. Noch immer war nichts zu vernehmen. Schon wollte er wieder in sein Zimmer zurückkehren und schob nur zum Ueberfluß die Falten des Vorhangs ein wenig zurück, um hineinzusehen; da erschrak er so heftig, daß er einen Augenblick regungslos stand und es ihm kalt über den Rücken lief.

Und doch war, was er sah, nicht eben furchtbar, und manchem Andern wäre es eher possenhaft erschienen. Auf dem Marmortisch vor der Nische, um dessen vergoldeten Fuß der Mondstrahl spielte, saß ganz still in sich zusammengekauert der Affe und schien so eifrig in die Betrachtung des Bildes vertieft, daß sein scharfes Ohr das Oeffnen der Thür nebenan überhört hatte. Er hatte die weiße Quaste, die er Cäcilien geraubt, in der Hand und kraute sich mit der andern behaglich den struppigen Kopf, wobei er wieder sein leises Schnattern hören ließ und dann und wann einen Ton, der wie ein Seufzen oder Schluchzen klang. Jetzt erhob er sich, die stumme, unbewegliche Figur schien ihn zu beunruhigen. Auf allen Vieren lief er, wie ein Kreisel sich drehend, auf dem Tische herum, die Quaste fest zwischen den Zähnen haltend, mit einem dumpfen Murren, das immer lauter und ängstlicher klang. Plötzlich war er mit einem Satz auf dem Ruhebette, richtete sich in seiner ganzen Länge auf, umfaßte den vorspringenden Sockel und schwang sich mit einem kecken Ruck auf den Schooß der Figur, wo er sich rittlings zurechtsetzte, gleichsam, als wolle er die räthselhafte Erscheinung in nächster Nähe untersuchen. Er streckte die dünnen, behaarten Finger nach den schönen Schultern des Bildes aus und fuhr einige Male wie liebkosend an den schlanken Armen auf und ab. Eben erhob er sich sacht und bückte zugleich den Kopf, als wolle er die kleine grüne Schlange beißen, die ihm widrig sein mochte, da fuhr er mit gesträubtem Haar zusammen und sah sich hastig um. Hinter ihm stand die hohe Gestalt seines Herrn, den Stock drohend erhoben. Mit einem gellenden Schrei sprang das Thier von seinem Sitz herunter über das Ruhebett und den Tisch der Balkonthüre zu. Die Flügel der Glasthür waren geräuschlos wieder zugefallen, hier konnte er nicht hinaus. Im Nu war er an dem Fensterrahmen hinaufgeklettert, aber der Stock, den Archibald in heftiger Aufregung nach ihm schwang, traf ihn unsanft über die Lenden. Schreiend ließ er sich auf die Erde niederfallen und floh durch das Gemach, überall vergebens einen Ausweg suchend, nach jedem Schlage in neues Winseln ausbrechend. So jagte ihn der Stock, den der junge Mann unablässig in einer Art von fieberhafter Erbitterung hinter ihm her schwang, einige Male durch das Gemach auf und ab, bis der Instinkt der Verzweiflung ihm eingab, sich wieder in die Nische auf den Schooß des Bildes zu flüchten. Da Rockte er, am ganzen Leibe zitternd, nieder, und seine kleinen grünen Augen erwarteten mit einem seltsamen Blinzeln, was nun geschehen werde. Es schien ihm eine Ahnung aufzugehen, als ob das Bild ihn beschützen müsse, als ob er hier wenigstens vor Schlägen sicher sei, die ja auch die Figur treffen mußten. Er hatte sich nicht getäuscht. Sein Verfolger blieb starr ihm gegenüber stehen, und einige Augenblicke maßen sich der Mensch und das Thier wie zwei ebenbürtige Feinde mit Blicken des Hasses und Abscheus. Dann besann sich Archibald. Er trat an die Balkonthür und öffnete beide Flügel. Darauf zog er sich durch die Portière zurück und verweilte einige Minuten im Salon. Als er wieder in das Kabinet trat, war der Affe verschwunden.

Mit einem tiefen Athemzuge sah der junge Mann um sich. Er mußte sich Gewalt anthun, um den Balkon wieder zu schließen, ehe er das unheimliche Gemach verließ. Kaum aber drüben in sein Arbeitszimmer zurückgekehrt, schob er den Riegel vor, als wäre er nicht sicher, daß nicht irgend ein Spuk ihn bis dahin verfolgen könnte. Dann sank er in furchtbarer Erschöpfung auf einen Sessel und lag dort lange Zeit, bis er sich entschließen konnte, die Lampe wieder anzuzünden, um in einem Buche Schutz zu suchen gegen die Schreckbilder, die auf ihn eindrangen.

So verging ihm ein Theil der Nacht. Erst als der Mond untergegangen war, konnte er Schlaf finden. Morgens dann, als er sich im Spiegel sah, erschrak er über sein unhochzeitliches Gesicht, denn seine Augenlider waren geröthet, als hätte er stundenlang im Traum geweint. Es war ihm unmöglich, das Kabinet wieder zu betreten; er dachte, ein Gang ins Freie sollte ihm wohlthun. Als er in den Garten trat, sah er den Affen droben in seinem Thürmchen sitzen, als wenn nichts vorgefallen wäre. Der Gärtner erzählte ihm, er habe das Thier am Morgen frei herumspazieren sehen, es aber mit einigen Mandeln und Feigen ohne Mühe wieder eingefangen und den Ring, aus dem es den Arm losgemacht, stärker eingeschraubt. Archibald trug ihm auf, dafür zu sorgen, daß die Thür des Thürmchens die nächste Nacht geschlossen werde, wenn er bis dahin nicht schon einen Käufer für das Thier gefunden habe. Dann ging er nach der Stadt.

In dem Laden des Kunsthändlers, wohin er sich zuerst wendete, konnte man ihm nur ungenügende Auskunft geben. Ein fremder junger Mann, wahrscheinlich ein Franzose, in sehr dürftiger Kleidung und mit auffallend unruhigem, verstörtem Wesen, hatte die Figur in einer Droschke vors Haus gefahren und gefragt, ob man sie kaufen wolle. Er habe einen übertriebenen Preis gefordert, dann aber, als ihm der Kunsthändler bemerkt, daß er zwar auf einen Liebhaber rechne, aber eine so hohe Summe nicht zahlen könne, ohne bei jenem Herrn anzufragen, habe er hastig sich mit einer Abschlagszahlung begnügt und sei dann aus dem Laden gestürzt, als fürchte er, daß der Handel ihn selbst gereuen möchte. Doch werde er unzweifelhaft wiederkommen und den Rest des Geldes holen, da er der Meinung sei, seine Arbeit eher zu niedrig, als zu hoch geschätzt zu haben.

Archibald bat, den Künstler, sobald er sich wieder sehen lasse, zu ihm zu schicken. Dann ging er in gedankenloser Aufregung einige Stunden durch die belebtesten Straßen, trat in ein Café, um in den Zeitungen zu blättern, stand vor den Schaufenstern der Bilderhändler und Photographen und sah überall nur Ein Gesicht. So kam die Stunde heran, in der er gewöhnlich Cäcilien besuchte. Er hatte die Zeit ungeduldiger als je herangesehnt und doch, als er endlich die Treppe hinaufstieg, stand er öfter still, um Athem zu schöpfen, denn es lag ihm wie ein Bleigewicht auf der Brust. Die Tante kam ihm in alter Herzlichkeit entgegen; sie müsse es ihm aber heut versagen, die Braut zu sprechen, da Cecil eine unruhige Nacht gehabt, sogar einen leichten Fieberanfall, und der Arzt ihr verordnet habe, zu Bett zu bleiben, nur um ein Uebriges an Vorsicht zu thun, da der Hochzeitstag so nahe sei. Es sei ihr plötzlich kühl geworden im Hereinfahren, und der kleine Schreck über das garstige Thier habe ihr wohl noch in den Nerven nachgezittert. Archibald hütete sich, sein nächtliches Abenteuer zu erzählen. Er entfernte sich bald; es war ihm nun fast lieb, daß er Cäcilien nicht hatte sehen dürfen. Er traute sich die Kraft nicht zu, ihr gegenüber unbefangen und heiter zu sein, und wie hätte er es übers Herz bringen können, sie in das dunkle Schicksal einzuweihen, das über ihn selbst seine Schatten warf?

Am Nachmittag ließ er sich ein Pferd satteln, er hoffte durch einen stundenlangen Ritt sich zu ermüden, und die Nacht ohne Störung zu schlafen. Als er dann spät am Abend nach Hause kam, fragte er sogleich, ob ein Fremder inzwischen dagewesen sei. Niemand hatte sich blicken lassen, nur Freund Tancred, der ihm einen Gruß hinterlassen. Oben, auf dem Schreibtisch, fand er ein Briefchen Cäciliens, mit Bleistift geschrieben, rührende Liebesworte, die ihm innig wohlthaten. Er schrieb ihr sogleich wieder, wie unerträglich lang ihm dieser Tag ohne sie geworden sei, wie er glaube, die Tage bis zu ihrer Vereinigung kaum überstehen zu können, die leidenschaftlichsten Herzensergießungen, die zärtlichsten Bitten, nur heitere und glückliche Gedanken zu haben, und den Wunsch, daß sie so sanft schlafen möge, wie er selbst es hoffe, da er noch ihren Gruß zur guten Nacht erhalten. Das siegelte er ein und schickte es auf der Stelle in die Stadt. Dann entließ er den Diener, da er sich früh niederlegen wolle.

Auch schlief er, von der vorigen Nacht und dem unstäten Tage erschöpft, bald ein, erwachte aber schon vor Mitternacht, obwohl durch die herabgelassenen Vorhänge nur ein schwacher Schein des Mondes drang. Es war eine so tiefe Stille um ihn, daß er den Pendel der Stutzuhr im Salon deutlich hin und her schwingen hörte. Dann schlug sie Elf, dann Zwölf, Eins, Zwei, und immer noch wollte der Schlaf nicht zu ihm zurückkehren. Draußen hatte sich der Himmel bezogen und ein weicher Regen rauschte durch die Nacht. Aber er kühlte die heiße Stirn des Schlaflosen nicht, der die langen Stunden hindurch in immer bangeren Gedanken sich auf seinem Lager wälzte. Zuletzt ertrug er es nicht mehr. Er stand auf und kleidete sich an. Er wollte in den Regen hinaus, um das Fieber in seinem Gehirn zu dämpfen. Dann kam ihm ein anderer Gedanke. Nur die Nachbarschaft des unseligen Bildes in der Nische konnte Schuld sein, daß er keine Ruhe fand. Wenn er einen herzhaften Entschluß faßte und es sogleich entfernte? Er brauchte es nur in den kleinen Gartenpavillon zu tragen, so war die Luft hier oben befreit von all den bösen Geistern, die ihn jetzt um den Schlaf brachten. Wenigstens mußte es versucht werden.

Er dachte einen Augenblick daran, einen Diener zu wecken, aber eine Art Schamgefühl hielt ihn zurück. Entschlossen das Grauen abschüttelnd, das ihn übermannen wollte, verließ er sein Gemach und betrat das Kabinet, das er den ganzen Tag gemieden hatte. Es war jetzt dunkel genug darin, daß er die Züge Virginiens nicht unterscheiden konnte. Zum Ueberfluß warf er noch ein großes, seidenes Tuch über die Figur, dann hob er sie von ihrem Postament und trug sie, leise auftretend, die dunklen Treppen hinab dem Garten zu.

Die Last wurde ihm schwerer mit jedem Schritt, aber die kühle Regenluft, die sein unbedecktes Haupt umwehte, gab ihm neue Kraft. Als er auf den Perron hinaustrat, ruhte er einen Augenblick und stützte seine Bürde auf die Balustrade. Der dunkle Garten lag todtenstill vor ihm, nur in dem Vogelhaus zu seiner Linken rührten sich einige Schläfer auf ihrer Stange. Oben aber in dem verschlossenen Thürmchen schien plötzlich der Affe erwacht zu sein. Archibald hörte ihn erst behutsam, dann immer ungeduldiger an seiner Thüre rütteln; jetzt klang es, wie wenn er das Schloß mit den Zähnen zernagen wolle, jetzt wieder, wie wenn er sich mit seinem ganzen Leibe dagegen stemme. Dazwischen ein Pfeifen und Winseln, das drohend und wehklagend zugleich in die Nacht hinein scholl. Dem einsamen Lauscher auf dem Perron ward nicht wohl dabei. Er belud sich wieder mit seiner Last und schritt hastig in die dunklen Tiefen des Gartens hinein. Der Schweiß trat ihm in großen Tropfen auf die Stirn, seine Brust arbeitete schwer, zuweilen stand er still, und es war ihm, als würde das Bild in seinen Armen zu Blei und müßte ihn in die Erde hineindrücken; dann siegte wieder seine Willenskraft, und er ging weiter. Jetzt nur noch fünfzig Schritt, so war er am Ziel. Aber da hörte er hinter sich etwas über den Boden hinschleifen, ihm näher und näher. In der Meinung, es sei eine Katze aus einem der Nachbarhäuser, wandte er den Kopf nicht danach um. Plötzlich erstarrte hm das Blut in den Adern. Mit einem Schrei ließ er das Bild aus seinen Armen gleiten, daß es dumpf gegen den Kiesgrund fiel, und fuhr sich in tödtlichem Entsetzen mit beiden Händen nach dem Kopf. Der Affe, der ihm nachgeschlichen, war ihm auf den Nacken gesprungen und hatte seinen Hals mit den kalten Hintertatzen umklammert, während die Vorderhände sich wüthend in seinem Haar festkrallten und ihre scharfen Nägel ihm in die Schläfen gruben. Es war nur ein Moment. Denn mit der letzten Besonnenheit, die ihm Schmerz und Entsetzen übrig ließen, packte ihn Archibald zugleich mit der Linken in die Weiche, mit der Rechten am Halse, und krampfte die Fäuste in der Angst so heftig zusammen, daß der Affe mit einem Wutgeheul plötzlich losließ und mit einem verzweifelten Biß dicht über der Schläfe sich aus den Händen des Feindes losriß. Dann schwang er sich auf einen nahen Ast, und immer noch von Zeit zu Zeit sein wildes Kriegsgeheul ausstoßend, verschwand er in weiter Ferne. - -

Wohl eine Stunde nach diesem Auftritt klopfte es an der kleinen Thür, hinter welcher der Gärtner schlief. Der alte Diener fuhr murrend aus dem Schlaf in die Höhe und fragte barsch, wer draußen sei. Als er die Stimme seines Herrn erkannte, öffnete er erstaunt und eilfertig, erschrak aber vollends, da er den Freiherrn mit völlig verzerrter Miene auf dem Bänkchen vor seiner Thüre sitzen sah, die eine Wange von der Schläfe herab mit Blut überströmt, die Haare zerzaust, die Kleider voll Erde und ganz durchnäßt. Es schien, als habe er einen Fall gethan und sei in der Betäubung auf dem nassen Erdreich liegen geblieben. Was er selber zur Erklärung vorbrachte, war ganz verworren. Er forderte ein Glas Wasser, sagte gelegentlich, hinten im Garten liege Jemand, den solle man in den Pavillon bringen, fuhr sich öfters mit den Händen schreckhaft nach dem Nacken, als fühle er dort noch eine Last, und erst als er das Glas auf einen Zug geleert hatte, kam er soweit wieder zu sich, daß er auf den Arm des Gärtners gestützt ins Haus zurückkehren konnte. Darüber erwachte die andere Dienerschaft und wechselte erschrockene Reden unter sich, da sie alle sehr an ihrem Herrn hingen. Keiner wagte ihn geradezu zu fragen, und er selbst blieb stumm. Einen Arzt zu holen untersagte er aufs Strengste. Als er oben in seinem Zimmer war, legte er sich selbst einen Streifen Heftpflaster auf die Wunde an der Stirn und befahl dem Diener, im Salon zu bleiben und Niemand vorzulassen; er wolle schlafen, er könne es jetzt, die Luft sei wieder rein. - Und wirklich war er schon nach wenigen Minuten in einen tiefen Schlaf versunken.

Er schlief noch, als um Mittag sein Getreuer, der gute Tancred, kam, um sich nach seinem Ergehen zu erkundigen. Was die Diener dem besorgt Forschenden von den Vorfällen der Nacht zu sagen wußten, war nur geeignet, ihn ernstlich zu beunruhigen. Er versprach, im Laufe des Nachmittags wiederzukommen. Doch fand er zu Hause einen Auftrag seines Gesandten, der keinen Aufschub duldete, und so mußte er sich begnügen, Abends noch einmal einen Boten in Archibald's Wohnung zu schicken, der ihm dann auch erwünschten Bescheid brachte: der Baron habe den ganzen Tag geschlafen und eben, als der Bote gekommen sei, zu essen verlangt. Er scheine an das, was ihm die Nacht zugeflogen, überhaupt nicht mehr zu denken.

Um so heftiger erschrak der ahnungslose Freund, als am andern Morgen, da er noch zu Bette lag, die Klingel seiner Wohnung heftig gezogen wurde, und Archibald mit todtbleichem Gesicht in sein Zimmer trat. Guten Morgen, Poet, sagte er mit einer seltsam bebenden, ängstlichen Stimme. Laß dich nicht stören, ich gehe auch gleich wieder, ich weiß überhaupt nicht, was ich hier will, aber die Leute auf der Straße glotzen mich so impertinent an, daß ich nur im Vorbeigehen fragen möchte, ob mir denn wirklich die Augen unter der Nase stehn und mein Schädel eine gläserne Kugel geworden ist, unter der man die Gedanken wie Raupen herumkriechen sieht. Ueberdieß habe ich keine bleibende Stätte mehr, seit ich zu Hause nicht einen Augenblick vor Besuch sicher bin. O mein guter Tancred, es giebt mehr obdach- und heimathlose arme Teufel zwischen Himmel und Erde, als unsere Polizei sich träumen läßt!

Um Gotteswillen, Archibald, rief der Andere und sprang eilig aus dem Bette, was ist geschehen? Du sprichst ja wie im Fieber und kannst dich kaum auf den Füßen halten, und hier an der Stirn diese fingerlange Wunde - bester Mensch, was läufst du, wenn du dich krank fühlst, durch die Stadt, anstatt nach dem Doctor zu schicken und in aller Ruhe -

Ja wohl, Ruhe! unterbrach ihn Archibald und lachte bitter. Das ist bald gesagt. Meinst du, daß ich der Narr wäre, in diesem Aufzuge die Straßenjungen hinter mir her zu ziehen, wenn ich nicht meine guten Gründe hätte, mich in meinen vier Pfählen unsicher zu fühlen? Zwar - und er warf einen ängstlichen Blick nach der Thür - wer steht mir dafür, daß sie mir nicht auch hier nachkommt? Aber es wäre mir beinahe lieb, wenn sie's thäte. Du könntest ihr dann sagen, wie bösartig das ist, die Leute aus ihren Häusern zu treiben, arglose Menschen bis ins Hochzeitsbette zu verfolgen und immer wieder diese jammervollen alten Geschichten aufzurühren. Ich habe es ihr selbst gesagt, aber ich habe ja keine Macht mehr über sie.

Ueber wen? Wer ist gekommen? Wer hat dich verfolgt? Bei Allem, was heilig ist, sprich endlich ein vernünftiges Wort, oder du bringst mich selber um den Verstand!

Ich will hier lieber abschließen, wenn du erlaubst, erwiederte Archibald rasch. Aber den Schlüssel muß ich drin lassen, denn es ist merkwürdig, was durch ein offenes Schlüsselloch Alles hereinschlüpfen kann. So! Nun laß dir sagen!

Aber er sagte noch nichts. Er hatte sich in einen Lehnstuhl geworfen und sah, gleichsam um zu prüfen, ob er die Augen noch ganz offen halten könne, nach der Decke. Dabei trommelte er mit den schmalen, bleichen Fingern auf den Armlehnen des Sessels und holte mühsam Athem.

Der Freund sah ihm in schmerzlichster Bewegung lange schweigend in das ganz entfärbte Gesicht. Er bemerkte jetzt erst an beiden Schläfen mitten unter dem schwarzen Haar zwei blutige Streifen, und die Wunde, obwohl mit dem Pflaster verdeckt, glühte hochroth. Doch schien sie im Augenblick nicht zu schmerzen, wenigstens wurden die gespannten Züge nach und nach ruhiger.

Dir wird besser, Archibald? fragte der Freund.

Ein wenig, erwiederte Jener und versuchte zu lächeln. Ich bin nicht mehr allein, und dieser vortreffliche Stuhl deckt mir wenigstens den Rücken. Du mußt ihn mir überlassen, Tancred. Ich gebe dir meinen mexikanischen Schaukelstuhl dafür, der nicht so sicher ist.

Wie du willst. Aber wie bist du nur zu der häßlichen Wunde gekommen?

Wunde? Ach so, die Schmarre meinst du. Die hatt' ich wahrhaftig vergessen über schlimmeren Dingen. Was soll ich dir das Alles weitläufig erzählen? Es ist widerlich, daran zu denken, daß man am Ende gar mit dem leibhaftigen Teufel handgemein geworden ist. Vielleicht ist's auch nur ein Aberglaube, nicht wahr? Aber was viel schlimmer ist, als der häßlichste Teufelsspuk, das ist, wenn die arme Schönheit von den Todten wieder aufersteht und einen küssen will mit ganz kalten Lippen. Du machst ein ungläubiges Gesicht, mein Bester. Aber so seid ihr Poeten. Ihr muthet einem zu, an die aberwitzigsten Fratzen zu glauben, die euer Gehirn ausgeheckt hat, und was Unsereins mit Augen gesehen und mit Händen gegriffen hat -

Ich bitte dich um Alles in der Welt, Archibald, laß mich endlich erfahren -

Gut! Ich will sehen, ob ich mich noch auf Alles besinnen kann. Warst du nicht gestern draußen und fandest mich schlafend? Gut also, ich schlief. Ein Mensch, der zehn Stunden am hellen lichten Tage schläft und hernach eine Stunde lang ißt und trinkt, ist doch wohl nicht verrückt oder fieberkrank. Ich schicke das voraus, damit du mich mit den wohlfeilen Einreden verschonst, ich hätte Alles nur so geträumt, oder wäre nicht Herr meiner fünf Sinne gewesen. Ich war es so sehr, daß ich mir ganz vernünftig überlegte, im Hause sei kein Raum, wo ich vor Gespenstern sicherer wäre, als in unserm künftigen Schlafzimmer. Hättest du mir nicht Recht darin gegeben? Du hättest freilich auch nicht gedacht, wie zudringlich gewisse Leute sind!

Nun denn, als es etwa elf Uhr war, geh' ich in das schöne, stille Brautgemach, nicht gerade, um gleich wieder zu schlafen, denn ich hatte ja schon bei Tage ein Uebriges darin gethan, sondern um Cäciliens Briefe, alle, die sie mir je geschrieben, von ihren ersten großen Buchstaben an bis zu dem allerjüngsten Bleistiftgekritzel, recht con amore wieder durchzulesen. Dazu hatte ich ihr Bild mitgenommen. Das stellt' ich auf das Tischchen neben dem Bett, die Lampe davor, und nun legte ich mich selber hin, so bequem, wie ich seit acht Tagen auf meinem improvisirten Ruheplatz nicht gelegen hatte. Mir war so wohl, wie lange nicht; das Bischen Brennen an der Schläfe ausgenommen, fühlte ich mich auch nicht erhitzt, sondern ausnehmend klar und munter, als rieselte mir kühles Quellwasser statt des Bluts durch die Adern. Ich dachte mir mancherlei und alle Gedanken waren freundlich, selbst solche, die mir sonst Unruhe zu machen pflegen. Ich wunderte mich auch gar nicht darüber, sondern fand es ganz natürlich, daß sich in die Nähe dieses Bettes nichts Feindseliges wagte. Darüber höre ich es Elf und Zwölf schlagen und, seltsam genug! mit dem letzten Schlage erlischt mir die Lampe neben dem Bett, daß ich mich doch einer leisen abergläubischen Regung nicht erwehren kann. Indeß Lampen erlöschen auch aus natürlichen Ursachen. Aber wie ich eben noch überlege, ob ich wieder Licht machen oder einzuschlafen versuchen soll, hör' ich plötzlich unten im Haus einen Ton, wie wenn die Thür des Eßzimmers vom Garten aus aufgemacht würde und sich dann wieder schlösse. Ich stemme mich, noch immer ohne Grauen, im Bette auf und horche. Da hör' ich einen schwebenden Schritt die Treppe heraufkommen, wie von einem nackten kleinen Fuß, und leise, leise wird die Thür des Salons geöffnet und der Schritt nähert sich über den Teppich und hält, wie mir scheint, vor der Portière still, wie um zu horchen, ob man auch sicher sei, bei einem Einbruch nicht ertappt zu werden. Du begreifst, daß mir die Sache nicht mehr geheuer war. Ich stehe eilig auf, werfe mich nothdürftig in die Kleider, und hin an die Thür, die unverschlossen war, um durchs Schlüsselloch zu recognosciren. Zufällig war die Balkongardine vorgezogen, so daß es dunkel war im Kabinet. Aber eben als ich das Auge dicht an die kleine Oeffnung bringe, wird gerade gegenüber die Portière auseinandergeschlagen und - sie selber tritt herein.

Virginie? Ein entsetzlicher Traum!

Ein Traum? Denke davon, was du willst. Ich weiß, was ich weiß. Nein, mein Bester, ich habe meine Zeugnisse nur zu sicher bei der

Hand; aber davon später. Was sagt' ich doch eben? Ja so, daß sie hereintrat durch die Portière, wie sie leibte und lebte, nur etwas kleiner schien sie mir, daß ich darauf geschworen hätte, sie wäre wirklich die Kleopatra, die ich aus der Nische fortgetragen und die nun durch den Garten heraufgewandelt kam, weil es ihr zu einsam unten wurde und es sie auch verlangte, mich zu peinigen. Du schüttelst den Kopf, armer Ungläubiger? Ich sage dir, wenn du sie selbst in den Armen hinuntergetragen hättest, wie ich, du hättest auch gefühlt, daß dieser Leib nur durch Todesschlaf erstarrt und eisig geworden war, und daß nicht viel dazu gehörte, das Blut in diesen Adern wieder aufzubauen. Hielt ich sie nicht an meinem klopfenden Herzen? Mußte sie das nicht spüren durch alle Versteinerung? Und nun aufzuwachen und zu merken, daß ich sie nur fortgeschafft hatte, um einer Anderen anzugehören: o mein Guter, sie hätte mich nie geliebt, wenn sie nicht gekommen wäre, um zu fragen, ob sie denn ganz vergessen sei!

Er starrte mit einem unbeschreiblich wehmütigen Ausdruck zu Boden. Ja wohl, ich kann es ihr nicht verdenken, sagte er und nickte traurig ein paar Mal vor sich hin. Aber warum mußte sie nur die häßliche Gesellschaft mitbringen, die Schlange und den Affen? Die grüne Natter hatte sich um ihren Hals geringelt, wie ein Geschmeide, der Affe trug ihr die Schleppe, als sie in das Kabinet hereinkam. Sie hatte das grüne Kleid, das du gesehen hast, heraufgezogen über die Brust und die Schultern und wickelte sich in die Falten, als ob es sie fröstelte. Nun stand sie einen Augenblick und ich merkte wohl, daß ihr Blick durch das Schlüsselloch hindurch den meinen traf, denn sie nickte mir leise zu, nicht unfreundlich, nur wie verwundert, daß sie nicht besser empfangen würde. Ich aber konnte mich nicht entschließen, von der Thür zurückzutreten, um sie hereinzulassen. Das merkte sie denn auch; ich sah, daß sie trauriger wurde und mehrmals seufzte. Aber sie schien sich darein zu ergeben, zog einen kleinen Spiegel hervor, den sie dem Affen gab, und setzte sich auf das Ruhebett in der Nische, während das garstige Thier vor ihr auf dem Marmortisch hockte und den Spiegel hielt. Da fing sie an, ihr langes schwarzes Haar aufzulösen und neu zu flechten, - welches Haar! Es reichte ihr bis an die Knie, und wie oft hatten wir damit unsere Kurzweil gehabt! Auch jetzt ging wieder jener eigentümliche Duft davon aus, den ich nur zu wohl kannte, ein Gemisch von Ambra und Jasmin, und auch die Perlenschnur kannte ich wohl, und die goldenen Ringe, die sie in den Ohren trug. Dabei sah sie immer nur still in den Spiegel, ohne ein einziges Mal mein Auge wieder zu suchen, und nur der Affe wandte sich mit seinem tückischen Grinsen nach mir um und machte Geberden, daß mich wieder die Wuth gegen ihn erfaßte und ich viel darum gegeben hätte, ihn auf der Stelle niederschießen zu können. Aber schon erhob sie sich wieder, und nun ging sie langsam das kleine Zimmer auf und ab, den Blick still vor sich hingerichtet, als ob sie erwartete, daß nun, da sie sich so schön geschmückt hatte, ihr keine Thür mehr verschlossen bleiben könne. Sie hatte das Gewand mit einer Nadel aus ihrem Haar künstlich über der linken Schulter zusammengeheftet, die Arme aber waren frei; und so, während sie ging, hielt sie die Hand beständig auf ihr Herz gepreßt, genau an der Stelle, wo sie damals sich selbst verwundet und hernach die Schlange hatte saugen lassen. Die lag immer ruhig an derselben Stelle, aber es kam mir vor, als strahle sie ein grünes Licht aus, wenigstens konnte ich Alles in dem verhangenen Gemach deutlich erkennen. Aber das will ich nicht beschwören. Denn ich war allerdings aufgeregt und kann mich leicht über Kleinigkeiten getäuscht haben. Die Hauptsache sah ich desto klarer, du magst mir glauben oder nicht. Ich sah, wie sie immer unruhiger wurde und plötzlich ein paar Schritte nach der Thür hin that, daß ich heftig zusammenfuhr. Aber der Affe hielt sie fest, und nun entstand ein lautloser, ängstlicher Kampf zwischen ihnen. Das Blut stieg ihr vor Zorn und Entsetzen ins Gesicht, als der Unverschämte ihr das Gewand von der Schulter zerrte und nach ihren Haaren griff. Da stand sie einen Augenblick hülflos und schien in seiner Gewalt. Aber plötzlich ließ sie das Gewand fallen, schleuderte die Natter dem Feinde an den Kopf und stürzte mit solcher Heftigkeit gegen die Thür, daß der Flügel, an dem ich lehnte, zurückschlug, und sie selbst, nur von ihren Haaren umhüllt, dicht an der Schwelle mir zu Füßen niederglitt. Den Riegel vor! hauchte sie mir zu. Geschwind, sonst sind wir Beide verloren! - Ich gehorchte willenlos. Dann war eine lautlose Stille. Ich hörte sie nur in der Dämmerung vor mir athmen und bückte mich zu ihr hinab. Aber indem ich eben die Arme ausstreckte, um sie aufzuheben, war sie wie eine Feder in die Höhe geschnellt, nach dem Brautbett gestürzt und bis ans Kinn unter der Decke versteckt, unter der ich selber kurz zuvor geruht hatte.

Ich stand wie erstarrt. Grausen und Mitleiden, Zorn und Kummer lähmten mir die Zunge. Aber ich versichere dich, ich war so völlig wach, wie jetzt am hellen Tag; nur daß ich mich über nichts, was ich sah, besonders verwunderte, kommt mir nachträglich als das Wunderbarste vor. Ich hörte nebenan im Kabinet den Affen toben, es schien mir, als ob er sich die Schlange vom Halse zu halten suchte. Dann klirrte es am Balkon, als wenn eine der großen Scheiben durch einen Steinwurf mitten durchgeschmettert würde.

Er war durchs Fenster hindurchgesprungen. Und darauf war's wieder stille. Ich bückte mich schon, um durchs Schlüsselloch zu sehen. Aber ich fuhr noch zur rechten Zeit zurück. Denn plötzlich kam ein grüner Schein durch die kleine Oeffnung, es sah aus, als ob sie sich dehnte, und, unbegreiflich genug, ich sah, wie die Natter sich behende hindurchringelte und sofort auf das Bette zu schoß, daß das Zimmer wieder von ihrem Leuchten hell wurde.

O mein Kopf, mein Kopf! rief er plötzlich und faßte mit der Hand nach der wunden Schläfe. Aber bleib sitzen, Tancred. Es muß erst Alles vom Herzen herunter, hernach sollst du mir deine ganze Weisheit als ein Pflaster auflegen. Und ich bitte dich, unterbrich mich nur nicht. O wenn du es selbst gehört hättest, ihre Stimme, ihr stilles Weinen, wie sie da ohne sich zu rühren im Bette lag, bis ich endlich mir ein Herz faßte heranzutreten und ihr zu sagen: das sei kein Platz für sie; sie solle aufstehen und mich allein lassen, oder der Rest von Liebe in mir würde sich in Abscheu verwandeln. - Mir war freilich schlimm dabei zu Muthe; denn wenn sie mir nun erwiedert hätte, sie habe doch ein altes Anrecht auf mich, was hätte ich ihr darauf sagen können? Aber das arme Wesen dachte gar nicht daran, mir Vorwürfe zu machen. Laß mich nur noch ein klein Weilchen hier, bis ich warm geworden bin, sagte sie. Es ist kalt unten im Garten, und meine Kleider sind mir gestohlen worden. Bei dir ist es weich und warm, und ich bin zum Sterben müde. Wenn ich hier einschlafen könnte, wäre ich froh. Komm doch nur einmal her und lege deine Hand auf mein Herz und fühle, wie kalt es schon ist. Warum bleibst du immer so weit ab von dem Bette? - Thu die widrige Natter fort, sagt' ich. Was bringst du mir das Geziefer ins Haus, das mir abscheulich ist? - Bring' ich's? sagte sie darauf. Es hat sich an mich gehängt, du weißt wohl warum. Aber sieh, es ist ganz zahm. Es thut Niemand weh, als mir allein, und ich hab' ihm selbst meine Brust gereicht. Ich mußte was ans Herz zu drücken haben, seit ich dich nicht mehr herzen konnte. Sieh nur, da liegt es ganz fromm und ist über dem Trinken eingeschlafen; es hat auch nur noch wenige Tropfen übrig gelassen, und die, die letzten, gehören *dir*!

Damit schob sie die Decke zurück und ließ mich die Wunde an ihrem Herzen sehen. Mir schossen die Thränen in die Augen. Virginie, sagt' ich, kann denn nichts dich retten? Ist dein und mein Leben nun auf immer zerstört? - Da hättest du das süße Lächeln sehen sollen, mit dem sie sagte: Du wirst's überleben; und was liegt an mir? Aber wenn du mir noch eine Wohltat erweisen willst, so drücke deine Lippen auf die Wunde, danach hat mich all die Zeit verlangt, und darum bin ich auch nur gekommen. - Ich kann nicht, sagt' ich darauf. Die Schlange ist im Weg. - Nun ergriff sie das träge Thier und schlang sich's um den Arm, daß es mir plötzlich wie ein grüngoldener Reif erschien, an dessen Schloß zwei Rubinen leuchteten. Kannst du jetzt? sagte sie. Da küßte ich sie zitternd auf die dunkle Stelle und fühlte, daß ein Schauer ihr durch alle Glieder lief, aber sie lag ganz still und streichelte mir nur mit der Hand das Haar und drückte meinen Kopf sanft an ihr Herz. Ich danke dir, sagte sie. Nun ist es gut. Nun sieh mir ins Gesicht. Bin ich nicht wieder jung und schön geworden? - Ach Tancred, sie war es, aber der Tod hatte ihre Schönheit schon angehaucht, daß mir das Herz blutete, wie ich sagte: Ja, du bist's, schöner als je. Nun siehst du, fing sie wieder an, die Decke, als wenn sie fröre, über die Brust ziehend, ich wußt' es wohl, ich würde dir wieder gefallen. Hättest du mich immer gesehen, es wäre nicht so gekommen. Aber nun hast du dein Herz an die Blonde gehängt, und die Schwarze muß darüber zu Grunde gehen. - Ist sie *das*? fragte sie plötzlich und stützte sich auf, das Bild an meinem Bette zu betrachten. Du sagtest mir doch, es sei deine Schwester. Warum hast du mich hintergangen, und ich hatte doch nie ein Geheimniß vor dir? - Dann ließ sie die matten großen Augen im Zimmer herumschweifen. Hier also! sagte sie. Hier wird sie die Herrin sein. Nun es muß wohl so sein. *Mich* wärmt doch kein Bette mehr! - -

Wie mir war, daß ich das Alles hören mußte, o Lieber, es ist unaussprechlich! Ich hatte mein Gesicht nah zu dem ihren hinabgeneigt, und meine Thränen überströmten ihre Wangen. Von Grauen und geheimem Widerstreben, wie zu Anfang, fühlt' ich nichts mehr. Nur die Angst, daß sie mir unter den Händen sterben möchte, machte mich zittern. Kannst du mir vergeben? flüsterte ich wie außer mir. Da sah sie mich mit großen Augen an, als verstünde sie erst die Frage gar nicht. Höre, sagte sie, wenn ich es recht überlege, ist es doch grausam, daß ich schon hinunter muß und ihr bleibt hier oben und genießt das schöne Leben, das ihr mir gestohlen habt. Ich brauchte es auch gar nicht zu leiden, wenn ich nicht will, und ich *will's* auch nicht leiden, rief sie plötzlich mit so heftigem Ton, daß ich erschreckend zurückfuhr. Ihr Gesicht war völlig verwandelt, die Augen flammten ihr, sie richtete sich hastig auf und schüttelte ihr Haar, daß es dunkel über die Schultern fiel. Schaff mir die Blonde aus den Augen! rief sie. Wo ist mein Diener, der mir die Schleppe getragen hat? Er mag nun Tod oder Teufel sein, dazu ist er gut genug, dies Gesicht bei Seite zu schaffen. Aber warte, es geht auch so. Wach auf! rief sie und schüttelte ihren Armring, daß die Natter wieder lebendig wurde. Da, da ist noch was für dich, armer Narr! - und sie schleuderte das lebendige Geschmeide gegen das Bild, daß das Glas mit hellem Klingen zersprang. In demselben Augenblick fühlte ich zwei eiskalte Lippen auf meinem Munde, zwei Arme umschlangen mich, als wollten sie mir die Brust zerdrücken, vergebens rang ich, mich loszumachen, ich that einen lauten Schrei - da fühlte ich, wie das erbarmungslose Gespenst von mir abließ, die Arme sanken hin, die Lippen lösten sich, das Licht, das von der Schlange ausging, erlosch, und ich stürzte meiner selbst nicht mächtig besinnungslos zu Boden.

Als ich wieder zu mir kam, war's noch dunkel um mich. Ich konnte nur nach und nach mich auf Alles zurückbesinnen und mich mühsam vom Boden neben dem Bette aufrichten. Zuerst wollte ich mir selber vorreden, Alles sei nur ein furchtbarer Traum gewesen. Als ich dann aber Licht angezündet hatte und mich umsah, fand ich nur zu deutliche Spuren. Das Glas auf Cäciliens Bild war zersprungen, die Farben wie erblindet, als wäre ein böser Hauch darüber hingegangen. Das Kopfkissen aber war noch warm und hatte den Ambrageruch ihres Haares. Ich ging mit dem Licht in das Kabinet; da war freilich zuerst nichts zu entdecken. Als ich aber an die Balkonthüre trat, sah ich, daß die eine Scheibe in Scherben am Boden lag, und obwohl nun die Morgenluft hereinströmte, - auch hier der wohlbekannte Duft, der mir nur zu deutlich sagte, wer hier gewesen war! - -

Er schwieg und schloß die Augen, als sei ihm mit dem letzten Wort die letzte Kraft erloschen. Seine Arme fielen schlaff über die Lehnen des Sessels herab, der Kopf sank ihm auf die Schulter. Erst als der Freund, der heftig bestürzt hinzusprang, ihm die Stirn eine Zeitlang mit frischem Wasser gekühlt hatte, athmete er wieder kräftiger auf und öffnete die Augen. Nicht wahr? sagte er leise und drückte die Hand Tancred's, es ist furchtbar, so etwas erleben zu müssen und sich zu sagen: Du bist machtlos dagegen; du hast es verschuldet!

Es ist vorbei, tröstete der Andere, und wird nicht wiederkommen. Du darfst aber um keinen Preis wieder eine Nacht allein draußen zubringen. Ich lasse dich nicht fort; erst wollen wir frühstücken, und wenn du wieder etwas gekräftigt bist, begleite ich dich zu deiner Braut. Am Ende wäre es das Beste, du sagtest ihr Alles, so hättest du ein leichtes Herz ihr gegenüber, und wie ich sie kenne, wird sie sich um dieser unglückseligen Geschichte willen nicht von dir abwenden, vielmehr sich Mühe geben, dich in jeder Weise zu zerstreuen, bis du es für immer vergessen hast.

Du magst Recht haben, sagte er. Aber noch ist es nicht Zeit. Uebermorgen soll ich Hochzeit machen? Es schwant mir, als sei noch nicht aller Tage Abend. Indessen mache mit mir, was du willst. Mir ist erbärmlich matt und ausgelöscht zu Muthe. Laß mich versuchen, ob ich etwas genießen kann. Vielleicht wird mir dann besser.

Tancred rief seinen Diener und sorgte eilig dafür, daß das Frühstück kam. Aber nach dem ersten Bissen erklärte Archibald, daß ihm Alles bitter schmecke. Auch schmerze ihn wieder die Stirn. Weißt du was? sagte der Freund, bleib ruhig hier sitzen, ich will gehn und meinen Arzt holen. Vielleicht ist mit einer Kleinigkeit zu helfen: denn so viel ich davon verstehe, ist dein Puls nicht ganz normal. Versprich mir, daß du indessen hier geduldig aushalten willst.

Der Kranke nickte zu Allem, was sein Freund sagte, und dieser verließ ihn rasch, nachdem er noch seinem Diener einige Verhaltungsmaßregeln hinterlassen hatte. Er warf sich in einen Wagen, um ohne Zeitverlust den Arzt aufzusuchen; auch verging keine halbe Stunde, so stieg er in der Begleitung des glücklich Aufgefundenen die Treppe wieder hinan, indem er ihm noch das Letzte mittheilte, was nöthig war, um den seltsamen Zustand richtig zu beurtheilen. Oben aber kam ihnen der Diener mit betroffener Miene entgegen. Der Herr Baron habe es keine fünf Minuten allein im Zimmer ausgehalten, sondern sei mit der Versicherung, daß er gleich wieder kommen werde, fortgegangen. Er habe vergebens gesucht, ihn zum Bleiben zu bewegen. Gewalt habe er doch nicht brauchen können.

Tancred erschrak, hoffte aber noch immer, Archibald wieder eintreten zu sehen. Als sie aber einige Stunden vergebens gewartet harten, litt ihn selber die Angst nicht mehr zu Hause. Er eilte nach Cäciliens Wohnung und fand die Tante zwar verwundert, daß sich der Bräutigam gestern den ganzen Tag nicht hatte blicken lassen, aber sorglos und in der Erwartung seines Besuchs. Tancred hütete sich wohl, sie zu enttäuschen. Die Braut war von ihrem leichten Unwohlsein völlig wieder erholt und schön wie der Tag und reichte ihm so herzlich froh die Hand, weil sie wußte, wie treu er an ihrem Geliebten hing. Welches Opfer ihn diese Treue gekostet hatte, ahnte sie nicht, auch nicht, wie schweren Herzens er jetzt von ihr ging. Er war entsagend, ohne jede selbstsüchtige Bitterkeit, zurückgetreten, weil er glaubte, Archibald werde sie glücklicher machen, als er es vermocht hätte. Jetzt, da sie in Gefahr stand, in das dunkle Schicksal des Unglücklichen mit hineingerissen zu werden, konnte er sich eines fast feindseligen Gefühls gegen den begünstigteren Freund nicht erwehren. Das tauchte aber sogleich wieder unter, als er draußen an Archibalds Hause ankam, in zitternder Unruhe, ob und wie er ihn finden würde. Der Herr war allerdings inzwischen draußen gewesen, sagte ihm der Gärtner, aber nicht allein, sondern in Gesellschaft eines ganz unbekannten jungen Mannes in geringer Kleidung, und sie hätten französisch mit einander gesprochen. Dann sei der Herr hinauf gegangen, den Fremden aber habe er in den Gartenpavillon führen müssen, wo die Figur mit der Schlange gestanden habe. Die habe der Franzose in ein Paar Tücher fest eingepackt und mit Hülfe des Gärtners in eine Droschke getragen. Gleich darauf sei auch der Herr Baron wieder heruntergekommen, einen kleinen Reisesack in der Hand, und habe hinterlassen, er werde diese Nacht nicht zurückkommen. Wohin er verreise, habe er Niemand gesagt, doch könne es ja wohl nicht weit sein, da Alles auf übermorgen zur Hochzeit schon vorbereitet sei.

Ich muß dem gnädigen Herrn nur noch sagen, fuhr der Gärtner fort, daß ich nun zu wissen glaube, wie der Herr Baron zu der Wunde an der Stirn gekommen ist; nämlich durch den Affen. Den habe ich oben in seinem Käfich fest einsperren müssen, das hat ihn wild gemacht, und rachsüchtig, wie diese Bestien sind, hat er den Augenblick abgepaßt, als der Herr Nachts in den Garten kam, und ist ausgebrochen und hat ihn angefallen, und das hat den Herrn so entsetzt, daß ihm der Schreck mehr geschadet hat, als die Blutung. Ueber Tag hab' ich dann von dem Thier nichts mehr gesehen. Aber die Nacht muß er wieder da gewesen sein und ums Haus spionirt haben, und da er Alles verschlossen fand, hat er bloß um einen Possen zu spielen einen großen Stein gegen das Balkonfenster geworfen. Die eine Scheibe ist hin, den Stein fand ich im Kabinet und die Fußspuren des Thiers sah ich ganz deutlich heute früh in den feinen Kies eingedrückt. Da sehen Sie selbst.

Und er wies auf den Boden, wo allerdings die Stapfen der Affenhand noch zu erkennen waren. Indem sie noch darüber sprachen, kam ein Diener aus dem Hause und überreichte Tancred ein Billet seines Herrn, das er geschrieben, kurz ehe er mit dem Fremden in die Droschke stieg. Mit einer unheimlichen Ahnung erbrach es Tancred und las folgende hastig hingeworfene Zeilen:

»Ich muß fort und weiß nicht, wann ich wiederkomme. Schulden bezahlen hält zuweilen auf; am Ende macht es mich zum Bettler und ich kann mich überhaupt nicht mehr mit Ehren sehen lassen. Du wirst mir die Freundschaft erweisen, meine Sache bei Cäcilien zu führen. Ich überlasse es dir, was du ihr sagen willst. Die Aermste, daß sie ihr Herz an mich Elendesten hängen mußte! Und ich - aber es handelt sich um Augenblicke. Lebewohl! Gott gebe, daß du wieder von mir hörst!« - - -

Bis an den späten Nachmittag kämpfte der treue Freund mit sich, ehe er sich zu dem schweren Gang zu Cecil entschließen konnte. Auch jetzt brachte er es noch nicht übers Herz, ihr die Wahrheit zu bekennen. Jede andere Erklärung dieses plötzlichen Verschwindens schien ihm schonender, als diese furchtbare Mahnung der alten Schuld, die den Unglücklichen plötzlich von der Schwelle eines

neuen Lebens zurückriß in die alten Abgründe. Selbst eine Todesge-
fahr, in der sie ihn schweben glaubte, mußte der Braut minder
schneidend durch die Seele gehen, als der Gedanke, ihn *so* verlieren
zu können. Und so hatte Tancred sich ein Märchen ausgesonnen,
das er freilich nicht ohne Verwirrung vorbrachte. Aber die Bestür-
zung seiner Zuhörerinnen kam ihm zu Hülfe. Ein Duell, das schon
seit Jahren zwischen Archibald und einem französischen Offizier
hänge, habe sich, da der Gegner kürzlich ehrenrührige Dinge zu
schreiben gewagt, nicht länger aufschieben lassen. Er selbst (Tancred) sei aufs Höchste bestürzt durch ein Billet, das ihm Archibald
vor seiner Abreise hinterlassen, um so mehr, da er über Ort und
Zeit des Zweikampfes nicht das Geringste wisse. Er vermuthe aber,
daß Archibald nach Paris unterwegs sei, und wenn es den Damen
irgend zur Beruhigung dienen könne, wolle er auf der Stelle Urlaub
nehmen und dem Entflogenen nacheilen.

Das Herz blutete ihm, als er bei dieser Erzählung deutlich sah,
wie tief der Schlag dem holden jungen Wesen ans Leben ging. Aber
während die Tante in leidenschaftliche Klagen und Anklagen aus-
brach, blieb Cäcilie Herrin ihrer selbst. Die Augen füllten sich ihr
nur einen Augenblick mit großen Tropfen. Dann zerdrückte sie die
Thränen mit den langen Wimpern, reichte dem Freunde mit einem
rührend hoheitsvollen Ausdruck die Hand und sagte: Reisen Sie;
gewiß kann er einen Freund, wie Sie, gerade jetzt nicht entbehren
und hat Sie nur zurückgelassen, damit *wir* eine Stütze hätten. Aber
ich halte mich schon aufrecht und kann auch noch der Tante beiste-
hen. Reisen Sie und bringen Sie ihn unversehrt wieder zurück. O
mein Gott, es ist ja unmöglich, daß ich ihn verlieren sollte!

So drängte sie selbst den Freund, sie eilig wieder zu verlassen.
Aber so sehr sein eigenes Herz ihn trieb, war es ihm doch nicht
möglich, schon mit dem Abendzuge abzureisen. Mancherlei Hin-
dernisse hielten ihn bis an den andern Tag. Auch mußte er sich
leider sagen, daß er schwerlich etwas versäume. Seine Hoffnung
war nur gering, Archibald in Paris zu finden und, wenn er ihn gefunden, ihn zu einer raschen Rückkehr zu bewegen. Als er endlich,
nach Tagen der peinlichsten Ungeduld, in Paris ankam, fand er
seine Sorge leider bestätigt, von Archibald so wenig eine Spur, wie
von dem unglücklichen Mädchen; auch die deutsche Wirthin jener
maison garnie, zu der er seine Schritte lenkte, war seit Jahr und Tag

ohne alle Kunde von ihren ferneren Schicksalen. Eine Woche verging unter fruchtlosen Nachforschungen. Er konnte es nicht über sich gewinnen, inzwischen an Cäcilie zu schreiben. Sein Schweigen mußte ihr sagen, daß er überhaupt noch nichts Gewisses zu berichten habe. Als er endlich, von seiner mißglückten Unternehmung in tiefer Niedergeschlagenheit wieder zurückgekehrt, an der Thüre der armen Verlassenen anklopfte, erfuhr er, daß die Damen, um dem Zudrang neugieriger Theilnahme zu entgehen, auf das Gut der Tante abgereist seien und die Bitte an ihn hinterlassen hätten, ihnen dorthin nachzukommen. Er fühlte, daß dies über seine Kräfte ging, und schrieb sofort, wie traurigen Erfolg seine Reise gehabt habe und daß er leider durch wichtige Pflichten gehindert sei, ihnen dies mündlich zu berichten. Er werde sie benachrichtigen, sobald er das Geringste über den räthselhaft Verschwundenen erfahre.

Dazu aber sollte ihm bald jede Möglichkeit abgeschnitten werden. Schon am andern Tag erfuhr er, daß seine Regierung ihn mit einem ehrenvollen Auftrage betraut habe, der ihn fast den ganzen Rest des Jahres unstät von einem der nordischen Höfe zum andern führte. Mehrere Briefe, die er inzwischen an die Tante und Cäcilie schrieb, blieben ohne Antwort. Als er im December endlich in sein altes Quartier zurückkehrte, war sein erstes Geschäft, unter den inzwischen eingelaufenen Briefen nach der Handschrift des Freundes zu suchen. Aber seine Hoffnung fand sich getäuscht. Weder von Archibald, noch von einer der Damen war das Geringste für ihn eingetroffen. Schon überlegte er, daß ihm nichts übrig bleiben werde, als in Person auf dem Gute nachzufragen, ob wirklich das Schlimmste eingetroffen, oder ob er, der Freund, nur vergessen sei; - da wurde draußen an der Thür die Glocke gezogen, eine Stimme und ein Schritt, die ihm das Herz hochaufschlagen machten, näherten sich durch das Vorzimmer, und die Thür ging auf, und der schmerzlich Verlorengeglaubte stand an der Schwelle. Im nächsten Augenblick lagen die Freunde sich in den Armen.

Es dauerte lange, bis sie Worte fanden. Schon als Archibald sich wieder gefaßt und erzählt hatte, daß er die heut bevorstehende Ankunft des Freundes erfahren und sich vorgesetzt habe, ihn zu überraschen, blieb Tancred noch immer stumm, als wollte er ihm im Gesicht ablesen, was Alles inzwischen über ihn verhängt worden sei. Und freilich stand manches an dieser Stirn geschrieben, was dem Getreuen zu denken gab. Die Wunde war vernarbt, aber das Haar an den Schläfen schneeweiß geworden, während das übrige dunkel geblieben war. Aber anstatt der unheimlichen Spannung aller Züge, die von jenem letzten traurigen Tage her dem Freunde nur zu wohl noch im Gedächtniß war, sah er jetzt nur den Ausdruck eines stillen Ernstes, und die Augen schienen wieder fest und klar ins Leben zu blicken.

Komm, sagte Archibald, wir wollen uns hier nicht aufhalten. Ich habe Cäcilien versprochen, dich gleich mitzubringen. Die Tante haben wir auf meinem Gut gelassen, da sie nicht gern im Winter reisen mag. Wir aber sind in die Stadt gefahren, um unsere Weihnachtseinkäufe zu machen, und rechneten stark darauf, dich hier vorzufinden und dich dann zum Fest in unsere ländliche Stille zu führen.

Sie traten auf die Straße hinaus, und Archibald schlang seinen Arm durch den Arm des Freundes. Nicht da hinaus, sagte er. Zwar bin ich nun wohl geheilt. Aber ich kann mich noch nicht entschließen, jenes Haus wieder zu betreten, am wenigsten meine Frau hineinzuführen, seit sie Alles weiß. Ja sie weiß sogar mehr als du, und hat nicht wenig darunter gelitten, daß sie dir nicht schreiben sollte. Aber ich traute den französischen Posten nicht, zumal wenn es sich um Briefe an euch Diplomaten handelt, und was zu sagen war, spricht sich viel besser Arm in Arm. Komm! Die stille Straße führt gerade nach unserem Hotel. Ich weiche zwar bekannten Gesichtern nicht eben aus. Denn dir und deinem klugen Duellmärchen verdank' ich es, daß meine arme Cecil nicht das Märchen von Berlin geworden ist. Aber gegen den Wagenlärm sind meine Nerven immer noch etwas empfindlich. Ja, mein Alter, wir haben einen harten Kampf und eine schwere Niederlage überstanden, und daß wir heute noch diese Luft athmen, ist wahrlich nicht unser Verdienst, sondern das Werk einiger rettender Engel in Menschengestalt, die den Mantel ihrer Liebe über all unsere Wunden und Sünden ausgebreitet haben. Damals, als wir uns zuletzt gesehen, ahnte mir's wohl auch, daß ich nirgend besser aufgehoben sei, als in deiner Pflege. Aber kaum warst du hinaus, so riß mich die geheimnisvolle Macht, die mich all diese seltsamen Wege geführt hat, trotz meiner Schwäche und Ruhebedürftigkeit aus dem freundlichen Asyl wieder fort. Es war eben noch nicht Zeit, auszuruhen. Und denke, wie wunderbar: kaum zwanzig Schritte von deinem Hause fort, begegn' ich dem Kunsthändler, durch den ich die Kleopatra erhalten, und neben ihm geht ein Fremder, der junge Bildhauer, der ihm die Figur verkauft hatte. Sie waren auf dem Wege nach meinem Hause. Du begreifst, wie mich in meinem damaligen Zustande dies Zusammentreffen aufregte; noch mehr freilich, was mir der Franzose auf meine hastigen Fragen mittheilte. Nicht Alles gleich jetzt; das Meiste, als wir Abends im Coupé des Schnellzuges allein uns gegenüber saßen. Das Bild war die dritte Person, aber so eingehüllt, daß ich seine Nähe ertragen konnte. - Mein Reisegefährte war ein stiller, verlegener Mensch, nicht über fünfundzwanzig Jahre, von einer verhaltenen Leidenschaftlichkeit des Naturells, die im Verlauf unseres Gesprächs oft genug vorbrach. Er hatte in Paris seine Studien gemacht, sich aber dort, seiner Armuth wegen, nicht halten können. So war ihm nichts übrig geblieben, als in seine Vaterstadt Dijon zurückzukehren, wo die Familie seines Onkels, eines kleinen Kaufmanns, ihn unterstützte; er scheint dort ein paar Jahre elend genug hingelebt zu haben, da sein Talent nicht die rechte Förderung fand. Und so habe er schon wieder fort gewollt, als er eines Tages im Hause des Onkels einen Gast fand, der ihn alles Andere vergessen machte. Am Abend vorher war, wie man ihm erzählte, ein fremdes Mädchen in sehr dürftigen Kleidern und tödtlich erschöpft von mehreren Tagemärschen an dem Hause vorbeigekommen, und wie sie den Namen des Onkels auf dem Hausschilde gelesen, plötzlich stehen geblieben, dann aber in den Laden getreten, um nachzufragen, ob sie hier etwa Verwandte finde, da ihr Vater ebenso geheißen habe. Und wirklich stellte sich heraus, daß zwischen dem wackern Bürger von Dijon und dem Ingenieur des Vicekönigs von Egypten eine weitläufige Vetternschaft bestand, und daß die arme Wandrerin wirklich zu den Ihrigen gekommen war. Auf alle Fragen aber, woher sie komme und wohin sie gehe, habe sie nur ungenügende Auskunft gegeben und gleich gebeten, sie nicht über diese Nacht hinaus halten zu wollen, da sie es eilig habe. Das sollte denn freilich anders kommen. Denn am folgenden Morgen, als sie versuchte, aus dem behaglichen Gastbette aufzuhelfen, sank sie ohnmächtig in die Kissen zurück, und der Arzt erklärte, es sei die Frage, ob sie überhaupt je wieder einen Schritt aus diesem Hause werde thun können.

Da beschlossen die guten Leute, sie wie ihr eigenes Kind zu pflegen, und sie selbst schien in ihre alte Apathie zurückgesunken, so
daß sie Alles mit sich machen ließ. Sie war noch immer schön und
die Sanftmuth ihres Wesens so gewinnend, daß ihren Pflegern kein
Opfer für sie zu groß schien. Auch besserte sich's, nachdem der
Winter überstanden war, zusehends. Sie konnte schon wieder im
Zimmer herumgehen, und ihre Lippen und Wangen rötheten sich.
Da war es vollends um den jungen Künstler geschehen, der gleich,
als er sie zuerst gesehen, von ihrer Erscheinung einen tiefen Eindruck empfangen hatte. Nun kam er täglich, und sie erlaubte ihm,
ihr Bildniß zu modelliren. Ihr Name, ihre Abkunft, ihr Leiden am
Herzen legten es ihm nah, eine Kleopatra daraus zu machen. Warum er die Farbe hinzugethan, fragte ich ihn. Ich war, sagte er, in
Alles, was ihre Person umgab, bis in die Form ihrer Nägel und das
blaue tätowirte Zeichen an ihrem Arm so wahnsinnig vernarrt, daß
ich nicht Ruhe hatte, bis ich auch das Unscheinbarste nachgebildet
hatte. Ich hoffte, ihr während der Arbeit näher zu kommen. Aber
ich sah bald, daß es vergebens sei. Auch hat sie niemals versucht,
mich anzuziehen, und meine Leidenschaft, die ich zuletzt nicht
mehr verbarg, schien ihr nur Mitleiden einzuflößen, ohne ihr auch
nur einen Augenblick zu schmeicheln. Sie gehöre schon einem Anderen, hatte sie auf seine ehrliche, inständige Werbung erwiedert.
So lange der am Leben sei, würde sie gegen Gottes Gebote sündi-
gen, wenn sie heirathe. - Er sei dann in sie gedrungen, seine Liebe,
seine Treue auf irgend eine Probe zu stellen. Er könne es nicht mit
ansehen, daß sie zu Grunde gehe um eines Treulosen willen. Da
habe sie ihm eines Tages erwiedert, wenn er etwas für sie thun wolle, möge er nach Deutschland reisen und fragen, ob ihr Geliebter
noch am Leben sei. Sie konnte ihm freilich nur meinen Vornamen
nennen und daß ich damals nach Berlin gereist sei. Aber sie habe
mich genau beschrieben und ihm eingeschärft, nur ja das Bild mit-
zunehmen. Wenn ich das sähe, würde mir ja wohl Alles wieder
einfallen. Und so sei er denn wirklich mit widerstrebendem Herzen
aufgebrochen, zum Theil um der Qual zu entfliehen, sie täglich zu
sehen und immer in der gleichen Hoffnungslosigkeit von ihr zu
gehen. Es sei ihm aber gar nicht damit Ernst gewesen, mich aufzusuchen, dem er sie natürlich nicht gönnen konnte. Nur um sein
Wort zu halten, habe er sich nach Berlin gewandt. Und hier scheint
es ihm bald so traurig gegangen zu sein, daß ihm nichts übrig ge-

blieben, als das Einzige, was er besaß, zu verkaufen. Auch mochte er hoffen, mit dem Bilde die fruchtlosen Qualen loszuwerden. Und doch war es ihm wieder leid geworden, und er hatte den Kunsthändler an jenem Morgen aufgesucht, um den Kauf womöglich rückgängig zu machen. Sein Kleinod nun wieder in den Händen zu haben, war ihm Anfangs ein so überschwängliches Glück, daß es ihm alle peinlichen Gedanken, wer ihm dazu verholfen, fernzuhalten schien. Aber je näher wir Dijon kamen, je stummer und unruhiger wurde er. Wie mir ums Herz war, kannst du wohl ahnen. Wie würde ich sie finden, und was sollte geschehen? Wenn das Fieber mir nicht schon in allen Pulsen geglüht und den Verstand umdunkelt hätte, so hätte ich diese trostlosen Fragen nicht vierundzwanzig Stunden lang ertragen; sie hätten mir das Hirn gesprengt.

Es war wieder früher Morgen, als wir nach sechsunddreißig bangen Stunden in Dijon ankamen. Mein Begleiter so wenig, wie ich, hatte auf den Nachtfahrten ein Auge zugethan. Er sah zum Erbarmen bleich und verstört aus, und ich bemerkte, wie er sich kaum auf den Füßen halten konnte, während mich das Fieber beflügelte. So traten wir in das Haus des Onkels, da erschrak mein Begleiter; es schien ihm allerlei befremdlich, woran ich keinen Anstoß nahm. Drinnen in einem Zimmer hörten wir Weiberstimmen, eine Frau in Schwarz gekleidet öffnete, das Erste, was ich sah, war ein Sarg mitten im Zimmer. Ich hatte noch so viel Kraft, hineinzutreten und einen langen Blick auf die blassen Züge zu werfen, die heiter lächelten, und zu hören, daß sie vor drei Nächten gestorben sei, *gerade in der Nacht, wo sie mir erschienen war.* Dann fiel ich neben dem Sarge besinnungslos um, und viele, viele Wochen vergingen, bis ich wieder zu mir kam.

War ich es werth, daß ich da einen Engel an meinem Bette sitzen und durch Thränen der Freude mir zulächeln sah? O, mein Freund, wenn es ein Fegefeuer giebt, das einen armen Reuegequälten für den Himmel läutert, so habe ich es in den furchtbaren Träumen meiner Fiebernächte durchgemacht. Und doch konnte ich mich noch nicht entschließen, zu glauben, daß ich freigesprochen sei. Ich mußte erst erfahren, welchen Schatz von überfließender Gnade ein Weiberherz enthält. Sobald sie auf allerlei Umwegen durch meine Leute, an die der junge Künstler Nachricht geschickt, erfahren hatte, wie es um mich stand, konnte keine Rücksicht sie abhalten, mit der

Tante mir nachzureisen und den wackeren Leuten, die mich indessen gepflegt hatten, die Sorge abzunehmen. Sie war kaum einen Tag an meinem Bette, so hatten ihr meine Delirien Alles gesagt, was du ihr schonend verschwiegen hattest. Aber freilich sagte ihr das Fieber auch, wie tief ihr Bild mir ins Herz geschrieben war! - - -

Laß es jetzt genug sein! Da sind wir schon, und oben hinter jenen hellen Fenstern wartet sie auf uns. Komm, mein Theurer! Wir wollen versuchen, ob ein Begnadigter noch einmal des Lebens froh werden kann.

Über tredition

Eigenes Buch veröffentlichen

tredition wurde 2006 in Hamburg gegründet und hat seither mehrere tausend Buchtitel veröffentlicht. Autoren veröffentlichen in wenigen leichten Schritten gedruckte Bücher, e-Books und audio-Books. tredition hat das Ziel, die beste und fairste Veröffentlichungsmöglichkeit für Autoren zu bieten.

tredition wurde mit der Erkenntnis gegründet, dass nur etwa jedes 200. bei Verlagen eingereichte Manuskript veröffentlicht wird. Dabei hat jedes Buch seinen Markt, also seine Leser. tredition sorgt dafür, dass für jedes Buch die Leserschaft auch erreicht wird.

Im einzigartigen Literatur-Netzwerk von tredition bieten zahlreiche Literatur-Partner (das sind Lektoren, Übersetzer, Hörbuchsprecher und Illustratoren) ihre Dienstleistung an, um Manuskripte zu verbessern oder die Vielfalt zu erhöhen. Autoren vereinbaren direkt mit den Literatur-Partnern die Konditionen ihrer Zusammenarbeit und partizipieren gemeinsam am Erfolg des Buches.

Das gesamte Verlagsprogramm von tredition ist bei allen stationären Buchhandlungen und Online-Buchhändlern wie z. B. Amazon erhältlich. e-Books stehen bei den führenden Online-Portalen (z. B. iBookstore von Apple oder Kindle von Amazon) zum Verkauf.

Einfach leicht ein Buch veröffentlichen: **www.tredition.de**

Eigene Buchreihe oder eigenen Verlag gründen

Seit 2009 bietet tredition sein Verlagskonzept auch als sogenanntes "White-Label" an. Das bedeutet, dass andere Unternehmen, Institutionen und Personen risikofrei und unkompliziert selbst zum Herausgeber von Büchern und Buchreihen unter eigener Marke werden können. tredition übernimmt dabei das komplette Herstellungs- und Distributionsrisiko.

Zahlreiche Zeitschriften-, Zeitungs- und Buchverlage, Universitäten, Forschungseinrichtungen u.v.m. nutzen diese Dienstleistung von tredition, um unter eigener Marke ohne Risiko Bücher zu verlegen.

Alle Informationen im Internet: **www.tredition.de/fuer-verlage**

tredition wurde mit mehreren Innovationspreisen ausgezeichnet, u. a. mit dem Webfuture Award und dem Innovationspreis der Buch Digitale.

tredition ist Mitglied im Börsenverein des Deutschen Buchhandels.

Dieses Werk elektronisch lesen

Dieses Werk ist Teil der Gutenberg-DE Edition DVD. Diese enthält das komplette Archiv des Projekt Gutenberg-DE. Die DVD ist im Internet erhältlich auf **http://gutenbergshop.abc.de**

MIX

Papier | Fördert
gute Waldnutzung

FSC® C083411

Zeitfracht Medien GmbH
Ferdinand-Jühlke-Straße 7
99095 Erfurt, Deutschland
produktsicherheit@kolibri360.de